「あはははは……」
「あっ、テュールくん聞いてっ！」
テュール
Tyr
カグヤ
Kaguya
「ガハハハ、情けねぇな」
「フフ、修羅場だねー」
リオン
Lion
ツェペシュ
Tepes

「リリスたち友達になったのだ――！」
「ですです――あれ？ テュールさんから知らない女性の匂い？」
セシリア
Cecilia
リリス
Lilith
「っったく」
「ホホ、これもまた青春よの」
モヨモト
Moyomoto
ルチア
Lucia

とある英雄達の最終兵器《リーサルウェポン》

―― 最強師匠陣による育成計画がブラックすぎる件 ――

世界るい
Author ◆ Rui Sekai
らむ屋
Illustrator ◆ Lamuya

TOブックス

The Lethal Weapon
of The Certain Heroes

Illustration らむ屋
Design：BEE-PEE

プロローグ

いつもと変わらない朝。強いて言えばよく晴れていたとか……それくらいの違いだろう。

そんな朝にブラック企業に勤める成人男性は会社をサボる決意をする。

男は毎朝六時半に起き、七時に家を出て、八時半に職場に着けばそこからはひたすら仕事仕事仕事、そして運が良ければ終電で帰り、運が悪ければ職場の近くのサウナで一晩を過ごす。大学を出て今の会社に勤めてから八年間そんな毎日であった。

昨日は運が良かったようだ。仕事が二十三時に片付き、自宅に帰ってきてから、ソファーに腰掛けアニメを見る余裕さえあったのだから。そして、今日は運が悪かった。

現在時刻は八時半、枕元に置いてあるスマートフォンがやかましく鳴り響く。男はスマホを手繰り寄せアラームを切ろうとし、そこで初めて気付く。

カーテンから漏《も》れる光はいつもより明るく、スマホに表示されているのはアラーム停止表示ではなく、勤務先からの電話通知。

男の心臓が激しく高鳴る——。

（やばい、やばい、やばい、やばい、やばい!!）

男は目をギュッと閉じ、スマホを布団の上に投げる。深呼吸——。

（スーハー、スーハー、どうする……？　体調不良でした？　いやだったら出勤前に連絡するのは当然のこと。寝坊？　いやいや寝坊が許されるのはホワイト企業までだ……。いや、よく考えろ、そもそもこんな生活に無理があったんじゃないか？　そうだよ、俺は悪くない……。オレワルクナイ、オレワルクナイ……。――よし！　今日はサボろう！）

そう決めるや否や男はスマホを手にし、相手の言葉を待たず――。

「ずみまぜん！　熱が四十一度まで上がってじまい……ゲフンゲフンっ!!　意識が朦朧《もうろう》と……うぅっ……」プツッ、プープー。

向こうからの怒鳴り声には耳を貸さず、男は言いたいことだけを言い、すぐさま通話を終わらせる。

「よし、これでオッケー。もう知らん知らん。後はスマホの電源切ってしまえ。ハハハ!!　これで自由だ！　俺は自由だ!!　フハハハー!!」

小さなアパートの一室には不気味な高笑いが木霊《こだま》する。

「よーし、まずは積んであるラノベを読むぞー!!　そして、同時に昨日の続きのアニメも流してっと」

男の給料は決して高くはなかったが、独身貴族かつ自由に使える時間がないため、お金には余裕があった。そんな男が買うものといったら通勤時間に読めるライトノベルと、ごくたまの休日に見るアニメのＤＶＤくらいのものであった。友達？　恋人？　ブラック企業の社畜で時間の都合を合わせることのできない男にとってはどちらも疎遠なものであった。

男はそれから休憩も取らずにラノベを読みつつ、アニメを見続けた。時に笑い、時に涙ぐみ、男は二次元の世界で友人や恋人と幸せになっていく主人公をどこか羨《うらや》ましそうに眺め続けていた。

「んんー、さーて、腹減ったな。今何時だ？　十三時かぁ。うっし、飯でも調達するか」

男は財布とスマホをポケットに入れ立ち上がる。そして、扉を開け、一歩を踏み出す。この選択が後にとんでもないことなるとは露知らず……。


男は雲ひとつない空の下、閑静《かんせい》な住宅街にコツコツと小さな靴音だけを響かせる。

五分程歩いただろうか、男の日に公園が映り、その耳に聞こえてくるのは子供達のはしゃぎ声。

（子供か……。俺も今頃は美人な奥さんと可愛い子供に囲まれて幸せな家庭を築いている予定だったんだがなぁ。どこで間違ったやら……）

学生時代に思い描いていた未来の自分と現実の自分を比べ、気が滅入《めい》ってしまった男は涙をうっすらと浮かべ、少し休もうと公園に入ろうとする。

――しかし、それは果たされずに終わる。

公園まで続く道――車が二台すれ違うのも難しい路地を宅配便のトラックが恐ろしい速さで近づいてくる。

（あ～、運送会社の運ちゃんも俺と同じブラック戦士だもんなぁ……。って、スマホいじりながら運転すんなっての……）

男は同情しつつもどこか他人事のようでトラックを視界の外にはじき、公園に入ろうとする。

ぽんっぽんっ……。

ふとそんな音が聞こえた。音のした方を見るとサッカーボール程の大きさのゴムボールが公園から道路に飛び跳ねてくるのが見える。そしてそれを一心不乱に追う幼い少女の姿も――。

（ヤバイ!!）

考えるより先に身体が動いた。

少女までの数メートルを全身発汗しながら詰める。掴む。身体を入れ替える。少女は公園の入り口まで転がり、代わりに男はもつれ、つまづき、道路へと転がり込む。甲高いブレーキ音が響き、音の発生源が背中に近づいてくることが男には分かった。

――しかし、身体が動かない。

近づいてきているのが分かるのに金縛りにあったかのように動けないでいた男の身体が遂にその瞬間を迎えてしまう。

閑静な住宅街に響く鈍い打撲音、小さな女の子の泣き声、空は憎《にく》らしいまでに青かった。


「いらっしゃいませ。貴方は死にました。混乱するのもよーく分かります。ですが、こちらも無限の時間を生きる神とはいえ、日夜貴方みたいな方々を捌《さば》くのに忙しい日々です。申し訳ありませんが貴方に割ける時間は二分四十秒程です。ご了承下さい」

何もない真っ白な空間に一人の壮年男性が浮かんでいる。事務的な口調で、丁寧《ていねい》な物言いに聞こえるが有無を言わさない圧力があった。

そしてその言葉を受けた男は当然混乱する。

（ここはどこだ？　彼は誰だ？　神？　何を言ってるんだ？　というか怪我は？　トラックは？

少女は？　何がどうなってるんだ？）

混乱している男がそんなことを考えている内に壮年の男は言葉を続ける。

「では、今後のことを説明させていただきます。簡単に言いますと、貴方はツライ事に耐え続けて生き、そして良い事をして死にました。そのため格を上げて輪廻転生《りんねてんせい》の輪を巡る機会が与えられます」

（ツライ事というのは仕事のことだろうか……？　確かに平均十七時間勤務で月に休みが一回か二回あれば良い方、これはもはや苦行、修行と呼んでいいだろう。そして良い事をして死んだ。少女の命を救えたのは考えるまでもない。それは一般的に言えば良いことだろう）

「はい、というわけで格を上げたことによりある程度の選択肢が貴方に生まれます。が、いちいちそれを聞いている程、私、暇じゃありませんので……」

そう言うと壮年の男は、男の頭に手を起き、フムフム、フムフムと思案顔で頷《うなず》きはじめ――。

「分かりました。しかしこの時代の地球の人間、特に日本人というのは面白い位に剣と魔法の世界に転生したがるのですね。いいでしょう。もう慣れたものです。いってらっしゃい。残り時間は七秒程ですが、何か質問や言っておきたいことはありますか？」

「あ……」

「はい、時間となりました。では良い人生を」

（人生、とりあえず人に生まれることはできるのね……）

そう思ったところで男の意識は暗転し、次に目覚めるときには——。

第一章　誓約書を書かせるってことは大体後ろめたいことがある。

とある島、とある家の玄関に、〝ソレ〟は突如姿を現した。

日課である朝の畑仕事を魔法でこなそうと玄関先に出てきた老人男性は〝ソレ〟を見つける。そして老人は予期せぬ発見に驚きの声をあげる。

「うぉっ‼　なんじゃ⁉……子供っ⁉　どうなっとるんじゃ……。おーい、リオーン、ツェペシュ、ルチア‼　子供じゃー‼　子供じゃー‼」

老人が玄関先で騒ぎ立てると家、と言っても非常に広いため屋敷と呼ぶ方が正しいであろう建物から三人が姿を見せる。

「ん？　何を騒いでいる？　子供？　ガハハハ、ついにボケたかジジィ？」

一人目はリオンと呼ばれた獣人、獅子《しし》の獣人であろうその男はオレンジ色の髪と髭《ひげ》をたずさえ、獅子のタテガミを思わせる。年齢が高齢のため顔にいくつか皺《しわ》が刻まれているが、背筋はピンと伸びており、頑強《がんきょう》な身体に衰えは見られない。

二メートルを超す身長と筋骨隆々《きんこつりゅうりゅう》な身体、そして年齢を重ねたからこそ出てくる貫禄《かんろく》は普通の人間を寄せ付けるものではない。

「どうしたのー？　モヨモトー？　子供？　なんの？　牛ー？　ぶたー？　ニワトリー？」

二人目はツェペシュと呼ばれた男。流れるような金髪、陶磁器のような白い肌、赤い目、中性的な美しさを纏《まと》う青年は太陽光が眩《まぶ》しいのか目を細めている。正に絵に書いたような吸血鬼だ。ツェペシュの身長は一八〇センチ程あるが、体型もスリムなため、リオンと並ぶととても小さく感じる。だが彼も同様に常人を寄せ付けがたいオーラを纏っていた。

「はぁ、朝っぱらから何を言っとるんだい？　遂にボケちまったかい？　このジジィは……」

三人目はルチアと呼ばれた老年期の女性。耳が長く尖ってやや垂れ下がっている。エルフと呼ばれる種族だ。ルチアはシルクのようになめらかで白ではなく輝くような銀髪をしており、老年になっても美しさを損なわない均整のとれた容姿、体型をしている。女性にしては身長が高く一七〇センチ程だろうか。非常に綺麗《きれい》な姿勢、歩き方で騒いでいる老人の元へ向かう。

「おんしら、見ろ！　人の子じゃ!!　というか、リオン、ルチア酷いのぅ……」

先程モヨモトと呼ばれた老人は、やせ細ってはいるが、背筋は芯がまっすぐ入っており、非常に厳格がある。顔には深い皺が刻まれており、髪がない代わりに仙人のような長くて白い髭をたずさえている。身長はルチアと同じ程度か。

さて、そんなモヨモトの元には小さい木編みのバスケットが一つ、その中には綺麗な白い布が敷き詰められており、一人の赤ん坊が寝かされていた。それを覗き込んだ四人が口々に疑問の声をあげる。

「おや、どこの子かねぇ？」

「というかこの島に俺達以外の人間は出入りできないはずだぞ？　たとえ出来たとしてもこの家の

前まで来て存在を感知できないのはあり得ない」

「そうだねー。ん？　これは……、手紙？　はぁ、なるほどねー。はい、モヨモト」

ツェペシュは木編《きあ》みのバスケットと赤子の影に滑り込んでいた手紙を発見し、目を通すとモヨモトに渡す。

「なんじゃ？　どれどれ、ふむ……」

その手紙には、『貴方達の後継者となりうる器ですよ。立派に育ててあげられるかどうかは貴方達次第ですがね。まぁよろしくお願いします』と、そう書かれていた。

「ガハハハ!!　あの野郎か。面白れぇじゃねぇか!!　ジジィとババァだけだったこの家にとっちゃ……」

リオンが喋れたのはそこまでであった。

眉をしかめたルチアの右手が音速を越え、リオンの腹部に突き刺さる。ものすごい衝撃音とともにニヤニヤしたままの獣人は数十メートルほど地面をバウンドしながら吹き飛んでいく。

「リオン、言葉には気をつけな。さて、そうさね、あいつの言う通りにするのは癪《しゃく》だが、こんな可愛い子を放り出せるほど耄碌《もうろく》もしてないからねぇ。あんた達はどうなんだい？」

「ボクも賛成だよー。賑《にぎ》やかになっていいんじゃないかなぁ～」

「ワシも賛成じゃ。ただ、後継者とするかどうかはこの子が育って行く内にこの子が決めることじゃ。ま、何はともあれ自立できるまでは育てるとしようかの」

「いてて、そうだな。で、こいつの名前はなんなんだ？」

リオンが腹をさすりながら戻ってきてそう言うと、モヨモトは赤ん坊の着ている服やバスケットなどに名前が書いていないか探し始める。

そして他の三人も協力し、数分探したところで名前がどこにもないと分かる。

「……では、まずは名前じゃな。この子の名前をつける会議を行う！　全員居間に集合じゃ!!」

「オッケー、モヨモトーボクお腹空いたからパンとスクランブルエッグと牛乳ね」

「あたしゃサラダとヨーグルト、あと食後のデザートも頼むよ」

「ガハハハ！　俺は肉だ！　肉！　あと酒だ！」

「おんしら……」

こうして居間では忙しく朝食を用意するモヨモトと楽しそうに名前をあーでもないこーでもない、と言い合う三人の姿があった。


(ん？　ここはどこだ？　って、うおっビックリした!!)

目を開けるとそこは知らない天井——と、赤ん坊の顔を覗き込みながら知らない言葉を交わし続ける四人の顔が映っていた。

(何語だ？　英語か？　んー、英語ではなさそうだ……。中国語でもない、かなぁ？　んー、ダメださっぱり分からんっ！)

赤子となった男は知っている単語がないか注意深く会話を聞いているが、一向に聞いたことのある単語は出てこない。

（なんだこれ？　つーか、ここどこだよ……。何がどうなってんだ？　あー、もうわけわからんし、すごく眠いし……、あと眠いし、……もういいや。寝ちゃえ）


「む、今この子が一瞬目を開けたさね、きっとあたしの考えた名前が気に入ったんだろう。そうだろうそうだろう」

「バカ言え、お前が考えた名前より俺の考えた名前の方が強いし、カッコイイ。絶対にこっちのが気に入る」

「えー、ボクが考えた名前だってカッコイイよ？　オシャレだし？　高貴な感じもするし？」

「ワシがかん……」

「「「モヨモトは黙って（て）（ろ）」」」

「おんしら……」

　というわけで、結局三者は譲り合わず、モヨモトが三者それぞれの候補である名前から選ぶということで落ち着く。そして選んだ名前が……。

「そうさね、このジジィがセンスまでボケていなくてあたしゃ嬉しいよ。フフフ、決まりだ。お前の名前は今日からテューールだ」

「ッチ……、俺のビーフストロガノフの方が強そうだったんだがな……」

「むぅ、ボクのクアトロフォルマッジョの方がオシャレだし……」

「ホントはワシだって……ゲレゲレの方が……いや、なんでもない……」

こうして転生した赤ん坊は自分の知らない間に名前が決定し、今日からテュールという名前でこの世界で生きていくこととなる。


……さて、転生してから一ヶ月。テュールという名前になった男はひたすらに言葉を聞くことに専念し、屋敷に住む四人の言葉を少しずつ理解することができるようになっていた。状況も少しずつ把握できるようになる。

(どうやらこの屋敷に住んでいるのは四人だけ、自給自足の生活をしているみたいだな……。この一ヶ月客らしい客はきていない。辺鄙《へんぴ》な所で四人だけで暮らしている？　歩けるようになったら家から出て確認してみるか……)

テュールはそこで考えるのをやめ、いつものライフワークに戻る。即《すなわ》ち、腹が減ったら泣く、トイレをしたら泣く、モヨモトが近くにきたら泣く、そしてルチアが来たら泣き止むということだ。

そして、テュールはこの一ヶ月を過ごしている間にとても興味深いものの存在を知ることとなる。

——魔法だ。

前世で、友人や恋人の代わりとして読んでいたラノベ——剣や魔法の世界で輝く主人公を夢想していたテュールは魔法にとても強い興味と羨望《せんぼう》を抱くのは当然のことであった。

しかし、未だ歩くことや喋ることのできないテュールは教えを乞《こ》うこともできず、忍耐の時を過ごす。時折目に入る魔法陣を羨ましがりながら。


そんな日々が一年程続くと——。

「お誕生日おめでとうテュール、あんたももう一歳さね、元気に育ってくれてあたしゃ嬉しいよ」

「そうじゃの、テュールほんにおめでとう。ワシは……ワシは……」ぶわっ。

「かぁー、ジジィになると涙もろくなるってのはホントだな……。ガハハハ！　テュールめでたいな！　強くなれよ？」

「フフ、テュールおめでとう。これからもよろしくね？」

居間のテーブルをみんなで囲い、テュールは一人一人からお祝いの言葉を貰《もら》う。四人が四人とも個性的な性格をしているが、皆が心から愛してくれているのがこの一年でテュールには十分すぎるほどよくわかっていた。

「みんな、あいがと」

テュールは舌っ足らずな言葉を笑顔と一緒にお返しする。

感謝の気持ちをきちんと言葉にしたいが一歳児の口から発せられる言葉はこれが限界であった。

しかし、それを聞くと、モヨモトは号泣し、他の三人も目を潤《うる》ませ笑顔になってくれる。

（あぁー、俺はなんて素晴らしい人達に育ててもらっているんだろう……）

こうして暖かい気持ちになりながら屋敷での夜は更《ふ》けていく。

一歳にもなると、簡単な単語での発話が可能になった。そして歩くこともできるようにもなったため行動範囲が一気に広がった。と言っても屋敷内とその敷地程度であるが……。

そして、とにもかくにもこの世界のことを知りたかったテュールは四人に様々なことを聞く。

その結果分かったことは、この世界はアルカディアという名前で、大きな大陸が一つあり、その大陸に五つの国、五つの種族がいるということ。北から時計回りに竜族の国アルクティク皇国、エルフの国リエース共和国、人族の国エスペラント王国、獣人族の国パンゲア王国、そして魔族の国エウロパ領だ。

そしてその大陸の外は霧の深い海が広がっており、未開の地となっている。そんな未開の地と呼ばれる外海にこの島――イルデパン島が存在する。

また、大陸に住む五種族の仲は悪く、今でこそ大きな戦争はないが、良くて不干渉。国内での他種族差別や国境近くでの威嚇《いかく》、小競《こぜ》り合《あ》いと言ったことは当たり前に続いているとのことだ。何それ？　大陸怖い、である。そんな話を聞いた時、ふと疑問に思ったことをテュールが尋ねたことがある。

「なんで、ここのみんなは仲いいの？」

そんな問いに優しい笑みでルチアがゆっくりと答えてくれた。

「そうさね、あたしとテュールも種族は違う。けど言葉を交わせば分かり合えるさね。ここにいる筋肉ダルマやモヤシ、ボケジジィも一緒さ、少しマッチョだったり、肌が青白かったり、ボケてたりするだけで言葉を交わせば理解しあえる。たまにケンカをすることもあるけどケンカした後謝って仲直りすることができる。それが理性ある生き物さね」

「そうじゃな、ワシらは多くの戦場、多くの血、そして多くの死を見てきたんじゃ……。だからこそ五つの種族がいがみあうことなく生きていける平和な世の中を誰よりも願った。しかし、個人の力とは無力よのぅ……」

「モヨモト、それ以上は一歳児に言ったって仕方あるめぇ。と、言ってもテュールは賢いからなぁ、大抵の言葉は既に理解できている節《ふし》はあるわな。まぁテュール、俺から言えるのは一つだ。お前はちぃせぇ男になるな。種族なんていう、ちぃせぇもんに囚われるんじゃねぇぞ」

「フフ、そうだね。ボク達はきっと世界からしたら異端《いたん》に入るんだろうね。でもボクはここのような場所が当たり前になってくれると嬉しいんだけどね～」

そうして四人は優しく微笑みながらテュールにこの世界の知識、常識を少しずつ教えてくれたのであった。

そしてテュールがこちらの世界に転生してから教えてほしいこと断トツ一位はこれだった。

「るちあー、まほーがつかいたい」

「ふむ……。魔法かい。そうさね……。その話は明日しようじゃないか」

ルチアは目を閉じ一つ頷《うなず》くと、その問答を明日に伸ばそうと提案してくる。テュールは一年も我慢していたため、一日や二日は対して変わらないと考え、ごねることなくその提案に頷《うなず》く。

そしてテュールが寝た後、モヨモト、ツェペシュ、リオン、ルチアはとある部屋に集まり、防音の魔法をかけ、この件について話し合う。

「さて、この一年テュールを育ててきたわけだが、どうさね？　みんな思うところがあるだろ？」

「「「……」」」

ルチアの問いかけに三人は思い当たることがある様子だが、明言せずに押し黙る。

「かぁ、男どもは本当に肝っ玉がちいちゃいねぇ。んじゃあたしが言おう。テュールは私達と同じ転生者だ。それも元日本人のね。そりゃそうだ。喋れるようになってから寝言で日本語を使うんだ。バカでも分かるさね」

「そうじゃの……。地球との時間の差は分からんが、恐らくわしらとそう遠くはない時代の者じゃろう……」

「だろうねー。あんなに綺麗な食べ方をする一歳児はいないもんねー」

「……そうだな。転生前の記憶があるならば時折見せる深く思考している目も頷けるな」

ルチアのストレートな物言いに、先程まで押し黙っていた三人は堰《せき》を切ったように言葉を紡《つむ》ぐ。

一旦話しはじめてしまえば、あれよあれよという間に赤子としては不自然な点が列挙《れっきょ》されていく。

それはそうだ。テュールは前世では未婚。赤子の時の記憶などないのだから赤子のフリというのは未知のものだ、無理がある。そして、四人はひとしきり現状を確認すると、次の議題へと移る。

「さて、それでどうするさね？　あたし達も転生者だということを明かし、テュールにもそれを自白させるか、このまま見ないふりをして育てるか」

ルチアからの問題提起に三人は押し黙り、考え込む。

「ふむ……。難しい問題じゃのう……。今、あの状態のテュールを大人として扱うというのは難しい気がするのぅ。それにあやつもフリとはいえ、体と心のバランスを保っとるのだろう。せめて十五歳になるまでは言わん方がいいと思うのぅ」

「……そうだねー。ボクもモヨモトに賛成かなー」

「……まぁ、そうだな。俺もそれでいいとは思う。だが、あと何年かは俺たちはこの島から離れることはできねぇ。癪《しゃく》だが、あの野郎が後継者たる器と言ったんだ。テュールのやつは育てれば俺たちを越えられるかも知れねぇ。だったら、今のうちから事情を話して選択させるのも悪くねぇと思うんだが？」

そして、四人はあーでもない、こーでもないと意見を出しつつ、どうすればテュールにとって過ごしやすく、そしてこちら側の思惑《おもわく》に向けられるかを話し合う。そしてたどり着いた答えが――。


「テュール。おんしは昨日ルチアに魔法を教えて欲しいと言うたな？」

「……うん」

翌日、魔法の件で呼び出されたテュールは、モヨモトの重々しい切り出し方にやや怪訝《けげん》な表情を浮かべ返事をする。

「ふむ、どうして使いたいと思ったんじゃ？」

（どうして……か。そりゃ、灰色の学生時代を送り、真っ黒な社会人時代を送ればなぁ。ラノベやアニメでニヤニヤするしかなかった俺の恋愛事情。けど決まって読んでたラノベでは主人公が転生して魔法を覚え強くなれば、お金も彼女も……。あぁ、俗物さ、俗物で結構！　ともかく俺は魔法を覚えて、一生食って遊んで困らないお金を稼いで、彼女を作って、幸せな家庭を築く!!）

モヨモトの問いに改めて、自分自身の考えをまとめるが、当然そのまま言えるわけがなく——。

「かっこいいから……」

テュールは一言でそう答える。ふざけているようだが、この一点が原点であり、最も強い欲求なのは確かである。

「そうか……。実はの、わしらはこの世界でもまぁまぁ強いんじゃ。さらにここにおるルチアとツエペシュは魔法にもそれなりに精通しておる」

（そうだったのか……。てことはツェペシュやルチアに教えてもらえれば俺すごい魔法使いになれるんじゃ？　いや前世でもすごい魔法使いだったけどさ……別の意味で）

「どうしたんじゃ？　具合でも悪いんかの？」

「んーん、へいき」

喜んだのも束《つか》の間《ま》、遠い目をしてげんなりしていたテュールを見て、心配そうにモヨモトが声をかける。すぐさまテュールは自分の設定を思い出し、一歳児の言動、行動を心がける。

「それならいいんじゃが、まぁ、そういうわけでおんしは、魔法を使いたいというならこの二人に教えてもらえばどこに出しても恥ずかしくない魔法使いじゃ。じゃが、魔法を使うには当然丈夫な体が必要となる。しかし、それもわしとリオンが武術をそれなりにできるため安心じゃ。つまり、セットで師事《しじ》すればすーぱーひーろーも夢ではないということじゃな」

テュールはその言葉に、自分自身の未来を夢想する。異世界と言えば定番であるチンピラに絡まれた女の子を颯爽《さっそう》と助け出し、鼻持ちならない貴族を腕っぷしだけで黙らせる。好き勝手思い通り生きてるのに最後には金も名誉も、そして美人の嫁を何人も侍《はべ》らす。そんな小説の中でしか存在しなかった者になれる、と。

その降って湧《わ》いたようなチャンスについ、モヨモトが到底《とうてい》一歳児には分からないような言い回しを使っていることにも気付かず、前のめりになる。

「ほほ、乗り気なようじゃの。じゃが、よう考えるんじゃ。わしらの知識や技は無闇矢鱈《むやみやたら》に教えるものではない。よって、教えるからには半端はなしじゃ。その覚悟がおんしにあるかの？」

（ぐ……。そ、そりゃそうだ）

テュールは先程の興奮から一転し、深く思案する。その覚悟、半端ではない師事というのはどの程度のものかを。日本であれば体験教室があり、イヤになればすぐやめられるが、今回のはそういうわけにもいかないだろう。テュールの頭の中で天秤《てんびん》がゆらゆらと動き始める。

「なんだ？　モヨモト、テュールを弟子にとる話か？　ガハハハ。テュール、武術はいいぞー？強い男はなんてったってモテる。この世界じゃモヤシみてぇなやつはてんで相手にされねぇからな」

「フフ、そうだねー。それと同じくらい魔法も大事だけどねー。魔法を使いこなせるってのはそれだけで尊敬されるからねー」

わざとらしい態度、タイミングでリオンとツェペシュが話に入ってくる。普段であれば急な調子の変化にテュールも気付けたはずだが、如何《いかん》せん今は憧れのラノベ主人公への道が目の前にぶら下がっているため、正常な判断ができずにいた。

「こら、あんたらやめな。これは、あくまでテュールが決めることさね。テュールの意思で、自ら、進んで、強くなるという道を選ぶんなら、まぁあたしも協力は惜しまないさね。テュール？ こいつらの話は鵜呑《うの》みにせず、自分でよく考えるさね」

ルチアがあたかもテュールを気遣《きづか》うような言葉、口調でフォローする。が、その実、これから始まるツラく苦しい修行は自らの意志で選んだという事実を作りたいだけであった。

「ほほ、そうじゃの。テュール、一人になってよう考えてみるんじゃの。ほれ、ここに入会届兼誓約書を作っておいた。おんしがわしらに教えを乞いたいというならここにサインするんじゃ」

テュールは当然文字を読めるようになっていたため、その中身に目を通すのは問題なかった。しかし、普通に考えて一歳児に入会届兼誓約書など書かすことなどないということは抜け落ちていた。

「それじゃわしらはちょっと出かけてくるからの、なーに、ゆっくり考えればええんじゃ。夕方には戻るからの」

そうモヨモトは言うと、リオン、ツェペシュ、ルチアも一言ずつテュールに優しい言葉をかけ、出かけていく。

そして、出かけたはずの四人は昨日話し合った部屋に集まり、真っ白な壁に魔法で何かを映し出す。そこに映されているのは腕を組んで歩き周ったり、椅子に腰掛け何度も誓約書に目を通し、頭を掻《か》くテュールの姿であった。

「ガハハハ、あんなおっさんくさい一歳児がいるかってんだよ」

その姿を見て、リオンが大きく笑う。

「うーん、テュールはどうすると思う？」

一方、ツェペシュは未だ悩み続けているテュールの姿を見て、やや不安そうにそう言う。

「分からんのぅ。まぁ、目の輝きは本物じゃったから強くなることへの憧れはあるんじゃろうな。ただ、なまじ前世では大人だったんじゃろうて、その代償《だいしょう》の大きさを考えることができれば渋るのも当然じゃの……」

モヨモトは、是《ぜ》とも否《ひ》とも言わず、五分五分だと口にする。しかし、ルチアの考えは違った。

「カカ、あの子は絶対にサインするさね」

「ほぅ、なんでだ？」

自信満々にそう言うルチアに、興味が沸《わ》いたリオンが尋《たず》ねる。

「決まってるじゃないか。男はみんなバカばっかだからだよ」

そう言い放つルチアに、男三人は目を丸くし、それ以上は何も言い返さず、ただ口元を僅《わず》かに釣り上げるだけであった。

一方、話題の渦中《かちゅう》にいるテュールは、絶賛《ぜっさん》悩み中であった。

(う〜ん、どうしたもんかなぁ。この誓約書もおかしな点はない、よなぁ?)

テュールは、もう何度読んだか分からない誓約書を再度眺《なが》める。ブラック企業での社畜時代でイヤというほど文書の重要性を分かっているテュールは、どこかに落とし穴がないか探さずにはいられなかったのだ。

(うーん……やっぱ詐欺《さぎ》っぽい文面はないな。……いや、逆に考えろ。一歳児相手にそんな騙《だま》すような誓約書を書かすか? ましてや、ここまで育ててくれたのを思い出せば良い人ばかりじゃないか。それに、高齢の人は大抵昔は強かったとか言うじゃんか。きっとアレだな。村から出たことがないから村一番が世界最強的な。なーんだ。そう思ったら急に肩が軽くなったな。うっし、サラサラっと)

こうして、テュールは自分の人生がとんでもないものへと変わる扉を自ら開く。いや、自ら開いたように錯覚するよう仕向けられたのであった。


「戻ったぞい」

サインしたのを見届けた四人は頃合いを見計《みはか》らい外から戻ったふりをする。

「おかえりー」

テュールも一旦《いったん》落ち着き、一歳児としての体裁《ていさい》を整え、出迎える。右手には入会届を握りしめて。

「ほほ、今日はご馳走《ちそう》じゃ。いい肉が取れたからのぅ」

あたかも狩りに行ってきて、いい獲物が取れたからほくほく顔なんじゃ、と言わんばかりのモヨモト。当然サインしたのを知っており、これからの修行計画を夢想して笑みを浮かべていることは本人のみぞ知るところである。

「そうなのー？　やった！　あ、あとこれかいたよ！」

きたっ！　モヨモト達四人は逸《はや》る気持ちを抑え、それを受け取る。

「よう考えたのか？」

「強くなるってことはつれぇぞ？　大丈夫か？」

「魔法を使いこなすってのはたくさん勉強が必要だよー？」

モヨモト、リオン、ツェペシュは最後まで自分たちの思惑を出さないよう気を付け、テュールの自己責任となるよう尋ねる。

「うん、へーき！　がんばるよ！」

「カカ、な？　テュールはこういう子だよ。テュール、よく決めたさね。これからの毎日はあんたが考えているほど生ぬるいもんじゃない。なんてたって、あたしらはあんたを世界最強に育てる気だからね。さぁ、今日は笑って過ごせる最後の晩餐だ。あたしも久しぶりに料理を手伝おうじゃないか」

高らかに笑うルチア。

（え？）

冷や汗が出はじめるテュール。

「すまんのぅ。じゃが、おんしが決めたことじゃ。男なら一度決めたことは貫《つらぬ》き通すんじゃぞ」

「ガハハハ、男に生まれたからには世界最強を目指す。当然じゃねぇか。テュール良かったな！　こんな豪華な師匠はいねぇぞ。明日から楽しみにしとけ」

「フフ、テュールよろしくねー。一歳の脳なら詰め込めば詰め込むだけ入るから大丈夫だよー」

急に先程までの優しさが消え、脅しを含んだ言葉を使い始めるモヨモト、リオン、ツェペシュ。

テュールはブラック企業時代何度も味わった山ほど処理しなければならない仕事が隠されていて、それを発見してしまった時の胃の痛みを思い出す。

（……あれ？　契約は目標を達成するまで、尚目標達成までは無理のないペース配分って書いてあったよな？　おい、世界最強って言わなかったか？　無理のないペースで世界最強？　ど、どんなペースだ？　待て待て待て待て――）

そしてショート寸前の脳みそが弾き出した言葉が――。

「わ、わーい。たのしみー」

――であり、それを最後にこの日の記憶は曖昧となっている。

「さて、テュール。今日からあんたはあたし達の弟子だ。甘えは許さないから覚悟するさね。まずは知識だ。魔法とは何かと知らずに使おうなど愚《ぐ》の骨頂《こっちょう》さ。よーく聞くんだ。いいね？」

「う……うん」

昨日までの優しかったルチアの笑顔は消え、険しい表情でおよそ一歳児としての扱いとは思えない態度でそんなことを言う。

「じゃあまず魔法の説明をしよう。魔法ってのはね、この世界の空気中に漂っている魔素を使う。世界にいる五種族は、どの種族も全て呼吸とともにこの魔素を取り込み、体内にある魔力器官に蓄《たくわ》える。そしてその魔力器官で魔力に変換され、それを魔法陣として放出し魔法が発動する。分かったかい？」

コクリ。テュールは真剣な眼差しでルチアの言葉に耳を傾け、聞き終わると一つ頷く。

「……よし、続きだ。魔法は魔力をただ放出するだけじゃ発動しない。さっきも言ったが魔力で魔法陣を書くという工程が必要になる。これが難しい。魔法陣の意味を理解し、緻密《ちみつ》な図を頭のなかで完璧にイメージしなきゃできない。一般人の多くは直径五センチ程の魔法陣が限界さね。これは下級魔法、生活魔法と呼ばれるものさね。直径五センチを越えれば中級魔法、直径十五センチともなれば上級魔法、直径五十センチ以上なら超級魔法、直径一メートルからは幻想級魔法、そして二十メートル以上の魔法は神代級魔法と呼ばれているさね」

〜五センチ　下級
五センチ〜　中級

十五センチ～　上級
五十センチ～　超級
二メートル～　幻想級
二十メートル～　　神代級

「るちあは、どこまで使えるのー？」

「そうさねぇ……、まぁ幻想級までは楽に使えるさね」

（え？　幻想級ってスゴイんじゃないのか？　それとも案外普通なのか？　いや、けどルチアが一般人は下級魔法が精一杯って言ってたしなぁ……）

「もよもととりおんとてぺすは？」

「あー、ワシらも幻想級までは使うかのぅ。まぁじゃがそんな魔法など使わないに越したことはないのぅ……。生きていくには本来生活魔法だけで十分じゃからの」

モヨモトが含みのある言い方でそう言うと、他の三人もなんとも言えない苦い顔をする。

「みんな、すごいんだねー」

なんだか妙な空気を感じ取ったテュールは笑顔でそんなことを言う。

「ホホホ、そうじゃろ？　そうじゃろ？　なーにテュール見ておるんじゃ、ワシが幻想級魔法を見せてや――」

モヨモトはそこまで言い、その両手にテュールが今までみたことのないサイズの魔法陣を浮かべたところで、姿を消した。

ルチアの右手が音速を越え、モヨモトの腹部を貫いたためである。モヨモトはちょっと逝《い》っちゃった目をしながらものすごい速さで吹き飛んでいく。吹き飛んだ先には玄関の扉があるが、吹き飛ぶ速度に先んじるよう、リオンとツェペシュが家のドアへと駆け寄り、ドアを開く。モヨモトはそのまま外へと数十メートル程バウンドしていき、ようやく止まった所でピクピクと痙攣《けいれん》し……止まった。

「まったく、ボケジジィが……。こんなとこで幻想級なんてぶっ放したらどうなると思ってるんだい。テュールに少しおだてられたくらいで木に登っちまって。さ、気を取り直してテュール、まずは生活魔法から魔法陣を覚えていくさね。書斎に魔法辞典があるからそれを写す練習だ。地味でつまらない練習だが投げ出すのは許さないよ？」

（念願の魔法を覚えるためだ。多少地味でつまらない練習だってウェルカムだね）

そう思い、テュールはすぐに笑顔で答える。

「うん！　やるよ！」

そして、この日から暇さえあれば魔法陣を写す日々が始まる。

魔法という日本人男子一同の夢にいてもたってもいられなくなったテュールは早速魔法陣を写す練習をしようと書斎へと歩きだそうとする。しかし、そんなタイミングで――。

「待て、テュール」

リオンに待ったをかけられる。なんだろうか？

「いいか、昨日も言ったが、魔法を使うには強靭《きょうじん》な精神力、体力、集中力が必要だ。それも同時に鍛えていかなければイッパシの男にはなれない。よって、今日から訓練を始める！　これは師匠命令だ‼　ついてこい‼」

リオンは師匠命令という言葉にうっとりしている様子で、そう言うとズカズカと大きな足取りでドアの外に広がるだだっ広い庭へと歩みを進める。

その後姿は朝日に照らされ後光が射しているようにも見えた。それはまさしく師匠と呼べる絶対強者の姿であったが――如何せん歩く度に尻尾が左右にウキウキするように揺れており、台無しにしていた。

「ホホ、そういうことじゃ。ちなみにワシらはやるからには本気じゃぞ？　さぁ行こうかの」

いつの間にか起き上がり、テュールの隣にいたモヨモトはその小さな手の手を握り、歩きだす。

この世界最強の一角達の自重を知らない修行への第一歩を――。

「んじゃー、まずはどうすっか。走るかー。基本だよな？　体力ってやつは」

「そうじゃの。あとは重力魔法で少しずつ負荷《ふか》を増やしていこうかの。時間は有限なんじゃから質を高めるべきじゃ」

「んじゃ重力魔法で体を重くしつつ、走る。その後は俺が格闘術をモヨモトが剣術の訓練をか。んじゃテュール、重力魔法かけるぞ。一・二倍くらいから始めるか。ほい」

テュールの意見は聞かないまま、訓練方針が決まる。そしてテュールの返事を待たずしてリオンは指先にキラキラとした二メートル程の魔法陣を描き、それが消えた瞬間テュールの身体が急に重くなる。

「おも、い」

「ホホ、がんばるんじゃ、テュール気合じゃよ、気合。さ、ワシと一緒に走ろう」

「だな、気合だ、気合！　テュール俺も一緒に走るぞ！　さ、いくぞ！」

ゆっくりと走り出す一歳児とそれに付き添う大男と老人。テュールは苦しそうな顔をしているが、大男と老人はそれはそれは優しい顔で楽しそうに走っている。だが、一切手を緩める気はない様子で、時折笑顔のまま激を飛ばす。

（つらっ！　嘘だろ⁉　一歳児に重力増やして走らせるとか正気じゃねぇだろ⁉　つか普通一歳児走れねぇからな⁉　前世で走り方知ってて身体の動かし方を理解しているからできてるけどギリギリだからな！　この身体バランス悪いんだからな⁉　頭重てぇよ！）

当然一歳児が走れないことなどモヨモトとリオンは知っている。そして、テュールの中身が一歳児でないことも――。

そしてテュールは一時間もの間走り切った。いや、最後の方はもはや這《は》いつくばるという表現が正しいであろう。

「そうだ、テュール限界を迎えて人は初めて強くなれる！　お前は今限界を迎えながらもやりきったんだ!!　偉いぞ!!」

「そうじゃ、そうじゃ、偉いのぅ、テュールは」

そう言って二人して頭を撫《な》でてくる。

「さ、次は剣術の時間じゃな！」

（バカなの？　ねぇバカなの？　今限界迎えたっておっしゃったじゃない？　ねぇ？）

「そうだな！　その次は格闘術だな！　楽しみだ！　ガハハハ!!」

（あ。ダメ。無理。限界。おやすみ……）

テュールは這いつくばったまま意識が遠のいていくのを感じる。

そして薄れゆく意識の中、師匠たち四人の恐ろしい育成計画が耳に入ってきたとかいないとか。


それから加減を知らない師匠たちによる修行を行い、気付くと四年が経ち、テュールは五歳となっていた。

テュールはこの日も当然訓練を行う。そう、この歳までテュールは三六五日、年中無休で訓練をさせられていた。そして二十四時間常に重力魔法を掛けられ、尚且《なおか》つその重力は日増しに増えてきている。ふとした時にテュールは今、何倍の重力がかけられているか気になり、師匠たちに尋《たず》ねるが答えをはぐらかされるばかりである。

恐らく五歳児にかけていい重力ではないのだろう。テュールがベジー○を越える日も近いのではないだろうか。

そして今日もそんな状態で剣術の訓練を二時間ほど行う。モヨモトからはまず型を教わり、それを無意識に正しく使えるまで反復する練習だ。モヨモト曰《いわ》く型の習熟に終わりはない、毎日続けることが肝要《かんよう》じゃ。とのこと。

そしてようやくここ一年で打ち込みの練習が始まった。

「ホホ、良い剣さばきになってきたのぅ、テュール。じゃがまだまだ甘い」

この実戦では、モヨモトに一撃を入れる。もしくは一歩でも動かせたら次の段階に進むとのこと
だがこの訓練が始まって一年経った今でもテュールはそれは達成できていない。そして今日もその目標は達せられずうなだれるテュール。

「ふむ、ここらで重力一倍の勝負をしてみるかのぅ。ほいっ」パチン。

そんなテュールを見て、モヨモトが一つ指を鳴らす。すると、テュールにまとわりついていた重さが消える。

「うわっ、軽い！　羽のようだ！　こんな軽いと逆に動きにくいなぁー……」

「ホホ、軽く飛んでみぃ」

「ん、せーのっ！」

テュールは、そう言ってかがんでから、一気に足を伸ばし、地面を蹴る。垂直に身体はものすごい速さで上がっていく、上がっていく、上がっ――。

(上がりすぎじゃね!?)

気付いたら地面との距離は遥《はる》か数十メートル離れている。

そして、頂点に達したであろうか、一瞬速度がゼロになり、そして落下を迎える。

(う～ん。これはあれだな。折角《せっかく》だ。遊んでみるか！)

そう決めるや否や、テュールは右手に五十センチ程の魔法陣が浮かべ――。

「氷の滑り台《アイシクル・ピラー》!!」

呪文を唱える。本来、詠唱や呪文名などは発動の際不必要だが、日本人男児の悲しき性《さが》である。

そして魔法が無事成功すると、螺旋状《らせんじょう》に氷の滑り台が完成する。そこに両足を接地し、滑り降りる。

「ひゃっふぅー!!」

「ホホホー!」

いつの間にか後ろにはモヨモトがおり、正座で滑り降りてきている。

(足冷えたり、痛くはないのかな……? いやあのモヨモトのことだ。そんなことあるわけがないか……)

この四年間でイヤというほど師匠陣四人の恐ろしさを目の当たりにしてきたテュールは、老人だという気遣《きづか》いなど不要ということを思い知った。

そして、そんなことを考えているとあっという間に地面が間近に迫り、テュールは小さい魔法陣を右手に構え、氷のジャンプ台を作る。そして勢いをつけたまま飛び、伸身三回宙返りで着地を決める。そして、モヨモトは正座のまま飛んでいく――。

「ふぅ、五歳児には滑り台は何より楽しいもんなんだな。さて、よしっ、モヨモト勝負の続きだ!」

「ホホ、かかってくるがよい」

……………。

「モヨモト正座でいいの?」

「……、痺《しび》れて立てん」

……。

五分程睨み合った後、ゆっくりとモヨモトは立ち上がる。足をさすりながら……。

「ホホホ、仕切り直しじゃ！　テュールいつでもきなさい」

「んじゃ、遠慮なくっ……！　ほいっ！」

テュールは疾風《しっぷう》の如《ごと》き速さで近づき、剣を振るう。常人では近づいたことさえ知覚できないレベルであろう。ましてやそこから振るわれる剣先を知覚できるころには身体は真っ二つだ。

カンッ!!　しかし当然そんな剣へと鍛え上げた師匠が常人なわけもなく、テュールの剣先はあっけなく弾かれる。

「良い速さじゃ。じゃが、軽いのぅ～」

テュールはがむしゃらに剣を振るう。緩急をつけ、フェイントを入れ、ステップで惑わし、ある時は愚直《ぐちょく》に、ある時は虚をつくように、繰り出される斬撃は木剣と言っても当たればただでは済まないだろう。

「じゃが、当たらなければどうということはない。ほいっ、ほいっ、ホホホホー。良い風じゃ～気持ちえぇのぅ」

やがて三十分程全力で打ちこんだ結果、息が切れるのは終始攻撃に徹したテュールだけであり、老齢であるモヨモトは息切れや疲労など全くみられず、どこ吹く風だ。

「うむ、良い感じに育ってきておるのぅ。今日からまた重力アップじゃ。おんしならいずれ音を置き去りにできるじゃろ」パチン。

そう言うと、また急に身体が重くなる。

（って本当に訓練前より重いな……）

「あ、ありがとうございました」

「うむうむ。精進、精進、ホホホホー」

「んじゃ、次は俺の番だな。さ、テュール休憩を四十秒やる。その間に万全まで回復しろ。いいか？　戦場では四十秒も敵が待ってくれることはないからな？　さ、数えるぞ！　いーちっ！　にー!!……」


「……よーんじゅー！　そうだ、その目だ。弱いやつはまず目が折れる。目に力のねぇやつは生き残れねぇ。テュール、その目の輝きを失くすんじゃねぇぞ？　よーし、まずは軽く殴り合いだ！　死ぬなよ？」

ッヒュ!!　二メートルを越える筋骨隆々の身体が音を置き去りにし消える。気付いたときにはテュールの目の前に拳が迫っている。テュールは文字通り全力で防ぐ。一切の考えを放棄し、生き残るため、その一点だけを考え、防御に専念する。

「んぐっ――――!!」

およそ人と人との接触で起こる音ではない音を響かせテュールは弾かれる。景色がものすごい速さで後ろに流れていく。受け身を取らなければ全身がバラバラになるであろう。

（んのっ!!　バカ力っ!!）

テュールは、なんとか四肢《しし》を地面に張り付かせ速度を殺し、迎撃の体制を整える。そしてルックアップ。リオンの姿を探す。

「こっちだ」

後ろから声が聞こえると同時に背中に悪寒が走る。

（避ける？　バカを言っちゃいけない。避けることに意識を割《さ》いた瞬間、俺の頭はスイカ割りのスイカよろしくグシャグシャだ）

前方へ全力で宙返りし、腕をクロスに固め、ちょうど頭と足が天地逆さまになり、視界にリオンが映ったところで、つま先が目の前に迫り、再度の衝撃。

先程まで後ろに流れていた景色を再度後ろに流していく。

（あぁ、ダメ、意識が……）

パシッ。そして回り込んだリオンに掴まれ、軽い殴り合いが終了となる。

「ガハハハ!!　今日も二発か！　まぁ、軽くとは言え俺の二撃を凌ぐ五歳児なんかいねぇ。将来が楽しみだ！　早く俺を殴ってくれよ？　ガハハハ!!　よーしっ、四十秒で意識を取り戻せ？　いくぞ！　いーちっ！　にーっ！……」

そう、テュールはこんな訓練を四年も続けていた。

そして午後からは魔法の訓練だ。魔法はツェペシュとルチアに指導してもらっている。指導がいいのか、指導が厳しいのか、指導が鬼のようなのか、テュールは既に上級魔法は使えるようになっていた。

そんな自重を知らない師匠たちは最近になって本来五歳児が到底扱えるはずもない魔法——二重詠唱《ダブルキャスト》の訓練も始めた。これはどういうものかというと、左右の手から別々の魔法陣を発動するというもの。身近なものに喩えるならば、右手と左手で同時にアンパン○ンとドラ○もんを書くようなものである。当然、魔法陣はアンパン○ンとドラ○もんを書くより遥かに難しいが——。

「今日もいつも通り、初級の二重詠唱を練習しようー。全くの同時でないと意味がないからね？　さぁ、やってみて？　右手からは火を、左手からは水を」

テュールは頭の中を二つに区切ったつもりで、それぞれに直径五センチの魔法陣をイメージする。それこそ一歳の頃から何千回、何万回と繰り返してきた魔法陣だ。そしてその魔法陣を魔力で描く。右手からは火を、左手からは水を——。

「う～ん、やっぱり、左手が若干遅いねー。左腕から出る魔力の扱い方が右手に比べて少し稚拙だからかなぁー。まぁ、今後も左手を右手と全く同じ感覚で使う訓練を続けようかー。夜の書き取りでは両手で別の魔法陣を全く同じスピードで書ききるという訓練を続けるんだよ？　あとは日常生活動作は左手をメインに行おう」

これができるようになると、合成魔法というとてつもなく強い魔法が使えるようになるとのことだ。合成魔法の用途は二つ。一つは、要素の合成。これは魔法を構成する特性とも呼べる要素をかけ合わせて複雑な魔法を作り出すということ。そして二つ目は魔法陣を大きくするためだ。

魔法陣はその大きさが大きいほど強くなるが、人が描ける魔法陣は魔力の瞬発力とも言える出力に比例する。これが普通の人であれば三十センチ程度がせいぜいだ。宮廷魔術師レベルだと二メートル程。そこから先の限界は明確には分かっていないが、各種族の中でも指折りの者達にしか使えないという。そのため、出力の限界以上の情報量が多い魔法——幻想級の魔法などは分割して魔法陣を描く必要があるということだ。

まぁつまり、強い魔法が使いたければ出来るだけ大きい魔法陣をできるだけ沢山合成しましょう、ということになる。さて、そんな魔法陣をツェペシュはいくつ重ねられるのか疑問に思ったテュールはツェペシュに尋ねる。

「ツェペシュは何個まで重ねられるの？」

「ボクー？　ボクは四回……かなぁー。合計八つの魔法陣を合成していく四重詠唱《カルテット》って言われている魔法だねー。効果は無茶苦茶だよー。使う機会がない方がいい魔法だね。まぁけど力を止めるには力を持つしかないっていうのも現実さ。誰かを救うにも、守るにも力はあるに越したことはないよ。後悔は先には立たないからねぇー」

「ハハ、大丈夫さね、テュールは五歳児の中じゃそれこそ世界トップクラスだよ。それにこの子はバカじゃない。きちんと力を扱える男になるさね」

そう言うとルチアは優しくテュールの頭を撫でる。きっといくつになってもルチアには頭が上がらないな。テュールはそう思いながら今日も魔法の訓練を続ける。

そして更に五年の月日が流れテュールは十歳となる。

テュールは体つきも徐々にしっかりしてきており、訓練にもますます熱が入る。たまに師匠たちは交代で家を空けることがあるが、四人の師匠陣が同時にいなくなるということはなく、十歳になるまで結局毎日訓練をすることとなった。

（もはや師匠たちは引きこもりだな……。たまにはみんなで羽を伸ばして旅行とかした方がいい）

流石《さすが》に毎日の修行漬けは堪《こた》えるものがあり、たまには休みが欲しいと思わずにはいられないテュールであった。

さて、そんな毎日訓練を続けるテュールは当然進歩が見られる。継続は力なり、だ。

まず、九歳の時にモヨモトを斬り合いにて一歩動かすことを達成した。ここ一年はモヨモトも攻撃してくるようになり、ようやく斬り合いとなる。ちなみにまだ一撃も入れられていない。四歳の時から打ち込んでいるから六年間完封されているということになる。そう考えるとテュールは目の前の老人の壁の高さにめまいを感じてしまう。

リオンとは殴り合いをできるようになった。と言ってもリオンは身体機能を百分の一まで制限している。ただし百分の一に制限した上での全力だ。そしてクリーンヒットを入れられれば七十五分の一、五十分の一、二十五分の一、十分の一、五分の一……と上がっていく。先は長そうだ。

魔法の方は、両手での二重詠唱はできるようになった。そして今は片手での二重詠唱を練習中だ。右手左手それぞれに二重詠唱を行い両手で合わせると三重詠唱《トリプル》となる。三重詠唱は当然、二重詠唱より難易度が高く、テュールは未だ一メートル級の魔法陣の三重詠唱までしかできていない。それでも、十歳児が一メートル級の魔法陣を三枚も重ねるなど驚愕《きょうがく》の出来事であるが、それをテュールは知る由《よし》もない。

そして、ルチアは魔法の知識をテュールに叩き込んだ。効率的な魔素の取り込み方、魔力の動かし方、魔法陣の意味、イメージするコツ。そして実践での使い方。ルチアとテュールの戦闘訓練はとにかく一方的だ。魔法の構築スピードが違いすぎるため、ルチアが攻撃に転じてしまえば後は絶え間ない魔法を亀のように魔力結界を張り、ひたすら防ぐしかない。当然テュールの結界では防ぎきれるものではなく、最後は全身煤《すす》だらけだったり、水浸《みずびた》しになったりする。ルチア曰《いわ》く、そうなるのが嫌なら結界の強度を高めな。人間死ぬ思いをすりゃ成長するさね。とのことだ。いやはやテュールは素晴らしい師匠を持ったものだ。

さて、そんな訓練を続けているテュールだが、最近になって同年代の友達が欲しくなってきた。やはり師匠陣はあくまで師匠という立場のため、目線の高さが同じになるということはありえない。つまりテュールは苦楽を共に——いや、苦を共に過ごしてくれる仲間が欲しくなった、ということだ。

テュールは考え始めたらその思いを打ち消すことはできず、遂にその言葉を口に出す。

「この島に、その、俺と同じくらいの歳の子というのはいるの……？」

その言葉をかけられた相手――モヨモトは少し目を見開き、顎髭を撫ぜ、逡巡《しゅんじゅん》した後その口を開く。

「ホホ、そうじゃのぅ。同じ歳か……。確かに友達の一人も欲しいよのう。ふむ……。リオン、そろそろ会わせてみるかの？」

「そうだな、ガハハハ!! そろそろ友達を貰いにいくのにも良い強さだな!! となりゃ早速出発だ!!」

「んー、じゃあボクは家で待ってるねー」

「あたしも家で待ってるよ」

どうやら師匠陣には心当たりがあるらしい。なんだこんなことなら早く言っておけばよかった。

そう少し後悔するテュールであった。

「ホホホ、ではテュール、あの山の山頂を目指すぞ。ちょうどおまいさんくらいの歳の子がいる」

モヨモトはこの島の中央にそびえる大きな火山を指差しそう告げる。

「普通に行ってもつまらねぇなー。うっし、競争な？ 重力一倍で身体強化魔法ありだ。俺達は四十秒後に出発する。そしてテュール、お前を見つけ次第攻撃するぞー。ガハハハ!! よーい、どんっ！ いーちっ!! にーっ!!」

（ヤバイ、考えている暇はない。リオンはやると言ったらやる。そしてモヨモトもホホホとか言いながらノリノリだ。まずは重力魔法解除、かーらーの身体強化魔法をかけて、と。急げっ!!）

「さーんっ!!」

この間一秒弱で頭を切り替え、テュールは風となる。目標物である山は見えているのだ、一直線に行けばいい。目の前に広がる森林の上――空を駆ける。飛行魔法などというちんたらした魔法は使わず、大気を蹴る。ただひたすらに強化した五体を使い、空を駆けていく。

「ホホホー、山頂までの距離は十キロ程かのう。今のテュールなら一分程でついてしまうのぅ。差し引き二十秒というところかの……。あくびが出てしまうのぅ、ホホホホ」

「よーんじゅー!!」

その言葉と同時にモヨモトとリオンの足元はえぐれ、土煙が立ち上る。大人げなく全力でテュールを追うジジィ達がそこにはいた。

(おい! 分かってたけど、師匠たち全力じゃねぇか……、後ろからスゴイプレッシャー感じるんですけど!!)

そして山の麓にたどり着き、あとは山頂へ駆け上がるだけという時に遂にテュールは追いつかれる。

「ぬぉらっ!!」

百メートル程離れた空中からリオンが拳を振るう。その風圧だけでテュールは吹き飛ぶ。そして吹き飛んだ先には……。

「ホホホホ、ほいっ、ほいっと」

モヨモトが待ち構えており、木剣を振るう。テュールは一つ舌打ちをすると、直ぐ様一メートル級の魔法陣を両手に描き、合成する。生まれたのは一振りの刀。

その刀でモヨモトの斬撃をギリギリのところで凌ぎ、交わす。しかし――。

「モヨモトの剣をよく躱したな、褒美だ、受け取れぃぃい!!」

百メートルの距離など最初からなかったと錯覚する速さで距離を詰めたリオンの巨大な拳に胸を貫かれる。

ノーガードでリオンの拳を受けたテュールは錐揉《きりも》み状に回転しながら山頂付近へ突き刺さる。遠目からでも分かる程の大きなクレーターができていた。

「ガハハハ!!　やりすぎたか!!」

「ホホホー。まぁテュールだから大丈夫じゃろい」

どこまでものんきな二人であった。そしてそんな三人の耳に怒鳴り声が聞こえる
「誰じゃーーー!!　我の巣に穴を空けようとする大莫迦者《おおばかもの》はーー!!」

「ガハハハ!!　俺だー!!」

「ホホホー。わしじゃー」

「お、俺ではないッス……」ガクリッ。

「あ、気絶してしもうたわ」

「ガハハハ、おいファフニール邪魔するぞー」

「あ、コラ勝手に、おい!」

「ホホ、まぁええじゃろ？　巣など滅るもんでもなし、邪魔するぞい」

こうしてモヨモトとリオンは気絶したテュールを回収し、四十秒で意識を取り戻させる。そして三人は先程の怒号の主――黒い鱗を持つ巨大な飛竜の棲む巣へと入っていく。

「それで？　我の巣になんのようだ？」

そこには巨大な龍はおらず、リオンと同程度の体格を持つ目つきの鋭い男がいた。

「あー、それな。お前んとこに子供いたろ？　ちっこいの。そろそろデカくなったろ？」

どうやら目の前の黒髪の大男は先程の黒い鱗の龍のようだ。そして、ファフニールはリオンの質問に答える。

「アンフィスか？　まぁようやく人化の術も覚えて喋れるようにもなったし、狩りもできるようになったな。それで、アンフィスに何か用か……？」

「ホホ、わしらの弟子であり家族であるこの子、テュールというのじゃが、テュールが友達が欲しいと言ってきてのぅ。おぉー、そう言えばファフニールのとこの子もちょうど同じ歳くらいじゃと思いだしたところなんじゃよ」

「ど、どうも初めまして。テュールと言います。よろしくお願いします」

ファフニールの威圧感が半端ないため、テュールは十歳児に似つかわしくない腰の低い挨拶をする。

「ふむ、龍族のファフニールだ。……話は分かった。アンフィスにも様々な種族と交流を持って欲しいし、ましてや同年代の友人というのは大切だ。アンフィスー！　アンフィスー！　来なさい！」

「……父さん、呼んだ？」

そこに現れたのはファフニールと同じ黒い髪をして目つきの鋭い少年だった。

「あぁ、アンフィスここにいる少年がお前と友達になりたいらしい」

そう説明したのを聞き、テュールは急いで挨拶をする。

「テュール、です。よろしくお願いします」

「ふーん、俺はアンフィス！　よろしくな！」

「ホホ、元気そうなお子よのぅ。うちのテュールと遊んでくれると嬉しいのぅ」

「ガハハハ‼　流石龍族の子だ‼　中々に強いようだな。うちのテュールと良い勝負をしそうだ！」

「ん？　テュールは強いのか？」

リオンの挑発的な言葉を聞いたアンフィスの目がやや細くなる。

「そうだね。十歳にしてはまぁまぁだと思うよ？　まぁ他の子供と比べたことはないから分からないけどね」

そして、テュールも思うところがあり、ちょっとだけ大人げなく挑発してみる。

「十歳、同じ歳……。父さん？」

「ふむ、良いだろう。少し遊んできなさい。……いや、目一杯遊んできなさい」

「ホホ、テュールも楽しんでくるとよい」

「ガハハハ、若さってやつぁいいな‼」

（話は決まったな……。師匠たちにはいつもやられっぱなしだったからな。少しは強くなったという実感が、いや、変に隠すのはやめよう。そう、俺は誰かに勝ちたいんだ！）

こうしてテュールはちっぽけな優越感を得るためにアンフィスとともに山を降り、平原に立つ。お互い十メートル程離れ、向き合う。そしてそこから少し離れたところで観戦する大人三人達。

「審判などいらんじゃろ。気絶するか降参するかしたら負けじゃ。好きなように遊びなさい、ホホ。んじゃはじめぃ」

モヨモトの気の抜ける開始の合図とともに真っ向からぶつかる。まずは、挨拶代わりに一発殴る。どうやらお互いに同じ考えだったようで二人を結ぶ線のちょうど真ん中で拳がぶつかり合う。

そして拳をぶつけた地点から円状に衝撃波が生まれるということは、少なくとも挨拶代わりの一発は同程度かつそれなりの威力だったというわけだ。

そこからは目まぐるしい攻防が始まる。相手を十歳だからと舐《な》めていたテュールだが、その考えが誤りであったことに気付く。

（龍族半端ないな。かなり鍛えてきたつもりだったが、純粋な身体能力で言えば、むしろあっちに分があるな……。流石は最強の種族と名高い龍種）

そんなことを考えている間にもアンフィスのギアは上がり続け、拳と蹴りが暴風のごとくテュールを襲う。

しかし、そんな暴風をテュールは丁寧に捌く。そして時折重力で部分的に重くした拳を牽制《けんせい》に入れる。ジャブ――と言っても重力魔法で重さが増し、石など簡単に砕く握力から繰り出される拳は無視できるものではない。

「器用なやつだ――なっ！」

アンフィスがそんな言葉とともに強烈だが分かりやすい回し蹴りを放ってくる。

「どうっ――も！」

テュールはそれをわざとくらい、後ろに飛びながら、威力を殺し距離を取る。そして吹き飛んでいくテュールは両手にそれぞれ一メートル程の魔法陣を浮かべ――。

「ほぅ、あの歳で一メートル級の二重詠唱を使うか……。まして、蹴られながらのこのタイミングでこの構築速度か……。鍛えあげているな」

「ホホホ、当然じゃ、わしら四人の訓練に泣き言も言わずついてきているのだからのぅ」

「ガハハハ、死にかけたことも一度や二度ではないからな！　精神的にもタフだぞ！　ま、殺しかけるのはいつも俺だがな！　ガハハハハ!!」

テュールは色々言いたいことはあったが、外野の声は聞き流し、目の前の戦闘に集中する。

「右手に風、左手に氷。吹き荒れろ暴風雪《ブリザードテンペスト》!!」

テュールの両手にあった魔法陣は、重なり二メートル程の魔法陣となり、光り輝く。そしてアンフィスを中心に強烈な冷気を帯びた竜巻が巻き起こる。

アンフィスは竜巻の中を身動きの取れないまま螺旋《らせん》状に上空へ運ばれていく。

（やったか……!?）

テュールは盛大なやっていないフラグを立てつつ、二百メートル程打ち上げられたアンフィスを目で追う。そして竜巻から放り出されたアンフィスは服もボロボロになっており、ゆっくりと落ちて……。

ニヤッ——笑った。

オマエツヨイナ。

そう口が動いた気がする。そしてその直後、まばゆい閃光がアンフィスの身体を包み、光が収まるとそこには体長七メートル程の黒い鱗を持ったドラゴンが翼をはためかせていた。

(うげっ、竜化とか有りかよ!!)

テュールは、チラッと大人三人を見る。師匠二人は目を輝かせてサムズアップしている。爽やかな笑顔は言外に続行しろと伝えていた。

「ドラゴンがなんぼのもんじゃいっ! かかってこいやぁ!!」

テュールはちょっとヤケになって叫んでみた。

「グルァァ!!」

そしてテュールの気勢に応えるように上空に浮かんでいたアンフィスが吼える。口の先に五メートル程の魔法陣を浮かべて。

(うっそーん……。あのサイズの魔法陣はやばくないっすか……?)

再度大人三人を見る。三人は和《なご》やかにどこからか持ちよった茶をしばいていた。

「はぁ……上等だ、竜種のブレス、防ぎきれるかやってやろうじゃねぇか! 右手に防壁ッ、左手に重力ッ、重力場の盾《グラビトンシールド》!!」

テュールの両手にはそれぞれ二枚の一メートル級魔法陣が光り、それが重なり二メートルの魔法陣が両手に生まれる。そして両手を重ね、四メートルの魔法陣を作り出すとアンフィスのブレスに備える。

「ほぅ、本当に驚かされる。一メートル級とは言え、三重詠唱《トリプル》まで唱えるとは。末恐ろしいな」

「ホホ、そうじゃろ、そうじゃろ。もっと褒めるんじゃ」

「ガハハハ、すげーだろ？　な？　うちのすげーだろ？」

（観客サイド楽しそうですねっ！）

そして、百メートル程離れているだろうか、アンフィスの魔法陣が一瞬強く輝くと、視認できない速度で黒い光の奔流《ほんりゅう》が到達する。

「――っ!!　んがっ!!　おもっっ!!　キツっっ!!　ぬァァああ!!」

質量を持った魔力の塊を受け止めた瞬間、テュールの足元にすり鉢状のクレーターができ、一気に土埃が辺り一面に舞い上がる。

「こ――、こなくそぉぉおおお!!」

テュールは視界を奪われたままグラビトンシールドの維持に努める。何かが焼けるような臭いが漂っている。どうやら周りの地面が溶けているようだ。そして随分《ずいぶん》長い……あるいは一瞬だったような……そんな攻防の末、遂にブレスが止まった。

「はぁはぁ……、耐えきっ……!!」

そしてブレスを耐えきったテュールがほんの刹那《せつな》、気を抜いた瞬間――土煙を切り裂く黒い何かが見えた。

「……え？」

アンフィスの尻尾がテュールの胴を強《したた》かに打ち、テュールは凄まじい速度で吹き飛ばされ、そこで意識は途絶える。

「うーし、ここまでだ。中々面白かったぞ！　ただし、テュールおめぇ気抜いて負けたんだから帰ったら訓練を厳しくするぞー。ガハハハ!!」

吹き飛んでいくテュールをリオンが回収し、聞こえるか聞こえないかはさておき、そう宣言する。恐らく聞こえていない方が幸せであろう。

「アンフィスもよくやった。ただし、竜化でのブレスはやりすぎだな。まぁだがコヤツならお前の良き友人となってくれるだろう。今後も仲良くやりなさい」

そう聞くとアンフィスは、人化し、頷くと同時に意識を失い、地面へと倒れ込む。

「ホホホ、仲良きことは美しき哉、重畳《ちょうじょう》重畳《ちょうじょう》、ホホホ」

こうして、強烈な出会いを果たす三人であった。


そして案の定四十秒で意識を取り戻させられたテュールはお腹をさすりながら家までの道を歩く。当然痛いのは腹だけではない。そう最も痛かったのは初めての同年代との試合に負けたということだ。そんなわけでテュールの足取りは決して軽いものではなかった。

「ホホ、帰ったぞい」

「たでぇま！」

「ただいま……」

アンフィスとの邂逅《かいこう》を終えた三人は自宅へと戻る。出迎えはもちろん残りの二人。ルチアとツェペシュだ。そんな二人がテュールを見ると……。

「おかえり、……おや、楽しい出会いがあったようさね。カカ、いらっしゃい」

「おかえりー、フフ、本当だ。テュール随分男前が上がったねー。そして、いらっしゃいファフー」

ルチアとツェペシュは三人の後から付いてきたファフィニール達に挨拶をする。

「あぁ、久しい……というほどでもないか。まぁうちのアンフィスとは会う機会がなかったな。たくのテュールと友人になってね。挨拶を、と思ったのだ。ほら、アンフィス挨拶しなさい」

「こんちは！　俺アンフィス！　テュールみたいに強いヤツは好きだ！　よろしくお願いしますっ！」

「ハハ、元気そうでいい子じゃないか、あぁ、うちのテュールにもお前さんみたいな強くて元気な子が友達になってくれてありがたいよ。これからもよろしく頼むよ」

そう言って、ルチアは優しい笑みを浮かべ、アンフィスの頭を撫でる。

「フフ、いい友達ができたね、テュール。ボクはツェペシュって言うんだ。アンフィス、これからよろしくねー」

「ホホ、挨拶も済んだようだし、本題になるかのー。ファフニールや、おまいさんとアンフィスさえ良ければ、こっちに一緒に住まんかの？　アンフィスも大きくなって力も制御できるようになってきただろう？」

「ふむ……そうだな。もうこの歳になれば力が暴走して迷惑をかけることもあるまい。……それに折角できた友人だ。アンフィスにとっても刺激のある生活になるだろう。アンフィスはどうだ？」

「父さん、俺もこっちがいい！　テュールと一緒に遊べるし！」

「ハハ、そうか……、ではモヨモト、リオン、ルチア、ツェペシュ、そしてテュール。こちらに住まわせてもらってもよいだろうか……？」

「もちろんじゃ」

「当たり前だ」

「ったく、男ってのはめんどくさいさね。この家は元からあんたんちでもあるんだよ」

「フフ、おかえりなさい、ファフ。いらっしゃい、アンフィス」

師匠たち四人はファフニールとアンフィスの同居を快諾《かいだく》する。それを聞いたアンフィスが不慣れな敬語を使い挨拶をする。

「俺も、その嬉しいです。これからよろしくお願いします」

そしてファフニールも——。

「ハハ、みんな……ありがとう。そして、テュール……、ここに戻ってくるからには家族として接してくれ。なんだったら我もお前に修行をつけよう。もちろんアンフィスも兄弟であり友人だ。いいだろうか？」

どうやらファフニールもテュールの師匠となってくれるらしい。アンフィスがあの強さなのだから当然その何倍も何十倍も強いのだろう。そしてアンフィス――。

（ぜってーリベンジする……!!）

大人げなく、勝ち逃げを許さないテューールであった。

「……ぜひ、これからよろしくお願いします」

しかしそんな闘志を燃やしながらも元日本人のテューールの答えはこうだった。

こうして、新たな家族が二人増え、いつもより少し豪勢な夕食を作り、イルデパン島の夜は賑やかに過ぎていく。

――モヨモトおかわりっ!!――

そして、みんなのオカン役のモヨモトは家族が増えてもモヨモトであったとさ。

「おんしら……」


翌日。

早速テューールは、新しい兄弟であり友人である黒龍アンフィスと一緒に修行をしようと思い、話しかけようとする。が、それに待ったをかけるようなタイミングでリオンが話しかけてきた。

「おーい、テューール、おめぇ友達は一人より二人、二人より三人の方がいいだろうが?」

急に変なことを聞いてくるリオン。何の意図かは分からないがテューールは返事をする。

「え？　ま、まぁ、一人だけって言うよりはもうちょっといた方がいいとは思うけど……」

「あん？　おめぇは相変わらずこまっしゃくれた言い方しやがんなぁ、欲しいか、欲しくないか!!　欲しいな!?　そうだな！　そうなはずだ！」

「う……、うん」

かなり強引な会話の流れを作り、よーし、よし、そうだよな、そうだよな。と腕を組みながら頷くリオン。

「そこで、だ。テュールおめぇに紹介してぇヤツがいる。今から呼び出すからちぃと待ってろ。アンフィスはわりぃな、今日はモヨモトのジジィと遊んでてくれるか？」

「わかったー！　モヨモトよろしく！」

「ホホ、どれちぃと遊んでやろうかの、ホホホ」

二人は既に打ち解けており、本当の祖父と孫のように仲睦《なかむつ》まじく修行へと赴《おもむ》く。修行の内容は常軌を逸したレベルなのだが、それすらお互い笑顔でやってしまうのが、イルデパン島クオリティだ。

「さて、テュール。こっちもおもしれぇもん見せてやるよ」

そう言うとリオンは、左手を空へと伸ばす。その甲には何かの模様が輝きながら浮かびあがり、それは空へと投射される。

「!!」

テュールは空へと投射された模様が十メートル程になって、ようやく何なのかが分かる。

――魔法陣だ。

だが、テュールには全く理解できなかった。魔法陣に書かれてる紋様を読み解く勉強をしているが、全く未知の――というより魔法陣と思ったが、それすら分からなくなるほどの複雑怪奇な紋様に驚きを隠せない。

「ッフ、無理もねぇ。これは俺達こっちの世界の住人には分からねぇ魔法陣だよ。今から呼び出すのは俺が契約している神獣様だ。契約しているとは言え、格は向こうの方が遥か上、失礼な態度とんじゃねぇぞ？……サモン、フェンリル!!」

空に浮かんだ魔法陣が一瞬強く光を放つ。目を開けていられない程の光が収まった後、そこにいたのは体長十メートル程の銀色の毛並みをした狼であった。

「キレイ、だ――」

テュールはその神獣に目を、心を奪われた。恐ろしく澄ました目、光沢のある毛並み、しなやかな四肢、神を冠する獣はただひたすらに美しかった。

「フェンリル、久しいな。呼び出しに応えてくれて感謝する」

そう言って、リオンは銀色の狼に頭を下げる。

「久しいな、リオン。そなたも壮健《そうけん》そうでなによりだ。して、我を呼び出したのは挨拶が目的ではあるまい？　どのような用向きだ？」

「あぁ、そうだな。その前にまずはフェンリル。おめぇさんに紹介したいやつがいる。血は繋がっちゃいねぇが、俺の息子であり弟子のテュールだ、ほれテュール」

バシンッ!!　テュールは背中を平手ではたかれる。リオンなりに軽いつもりだろうが、常人なら死んでいる威力だ。

「あ、えぇと、紹介に預かりましたテュールです。ち、父がいつもお世話になっておりますっ！」

「……ックク、ハハハハ!!　面白い坊主だな。ッフ、我はフェンリル。幻獣界ということは違う世界に住む者だ。そうだな、リオンの世話はよくしてやったものだ、クク」

で？　という目でフェンリルがリオンに視線を向ける。

「あぁ、まぁおめぇさんのことだ。薄々察していると思うが、おめぇさんの息子のヴァナルとこいつを契約させて欲しい」

「……ほぅ」

リオンの言葉を聞きフェンリルの目つきが鋭さを帯びる。途端に空気が粘りつくような重さをもった。

「リオン、お前のことだ。伊達や酔狂でそのようなことは言うまい。いいだろう。そこの坊主が契約者の器たるか試すくらいはしてやる。しかし、その前に聞かせてもらおう。我が子を契約して何とする？」

「無茶なことを言ってすまない。寛大《かんだい》な心に感謝する。理由、そいつぁテュール、こいつだが、こいつはきっとこれからとんでもねぇアホな道を選ぶ。いや違うな、結局俺らが選ばせちまったんだろうな。で、親バカですまねぇが、そんな時に信頼できる力、いや、信頼できる友人としてこいつを支えてくれる存在が欲しい」

「……なるほど。こやつは後継者となりうるのか……。我も散々お前に振り回されてきたが、そうだな、存外お前の隣は居心地が良かった。良いだろう、その修羅《しゅら》の道、我の息子も旅させようではないか」

当然、我の目に適えばな――そう言うと、銀色の狼は人の形をとる。銀髪の偉丈夫《いじょうふ》。切れ長の目で線の細いその男は中性的であるが、鋭さがあり、名刀の如く美しさと危うさを兼ね備えていた。

そしてその銀髪の男、フェンリルが指を鳴らし、魔法陣を描く。

「ヴァナル来なさい」

そこには中性的な顔立ちの銀髪。フェンリルと比べると少し目尻が下がっており優しそうな顔をした少年が魔法陣の下に現れた。

「父さんが珍しく喚ばれたから何事かと思ったけど、ボクも喚ばれるとは思ってもみなかったなぁ」

「あぁ、ヴァナル。こちらの獅子の獣人が我の契約者のリオン。そして、こっちの坊主がお前と契約をしたいと言っているテュールだ」

「契約!? ボクも契約できるの!? 嬉しいなぁ！ こっちの世界には何があるのかずっと楽しみだったんだよね！ よろしくね、テュール！ ボクはヴァナル！ 早速左手を……」

「待て待て、ヴァナル。そうホイホイと契約を決めるでない。契約とは魂と魂に繋がりを持つものだ。誰でも良いというわけではない。ヴァナルお前の魂に耐えうるだけの器を持っているか、そしてヴァナルお前の魂がこいつを気に入るかが必要になってくるのだ」

「う～ん、父さん、気に入るかどうかは大丈夫だよ！ テュールを見た瞬間に友達になりたいって思ったからね。器、器かぁ、じゃあボクの全力の攻撃を受け止めれたらきっと大丈夫だよね」

「そ、そうか。コホンッ、まぁそうだな。リオン、そういうことでいいか……？ ただし子供とは言え、幻獣界でも最高位の神獣だ。下手したら塵芥《ちりあくた》一つ残らず消え去る可能性だってある。どうする？」

「って言ってるがどうする？」

「……やる、やらせて下さい」

リオンの言葉に対し、静かに、それでいて断固たる決意を持ってテュールは応える。

「ほぅ、いい目だ。どこぞのバカな獅子とそっくりな目をしている……」

「ッヘ、テュール最高の褒め言葉を貰ったな！　ガハハハ!!」

「やっぱり思った通り、最高の契約者になれそうだ！　お願いだから死なないでね？」

そうヴァナルは言うと、三メートル程の銀色の狼へと姿を変える。

「幻獣界最強の神獣フェンリルの息子ヴァナル。神獣の名に恥じない一撃を……」

ヴァナルの口の先には見たことのない四メートル程の魔法陣が……。

「イルデパン島最強の獣人リオンの息子テュール。ここで死ぬとうちの家族が悲しむんでな、きっちり受け止めて、友達になったらぁ!!……右手に火の壁、水の壁、左手に地の壁、風の壁……」

テュールの両手には合計四枚の一メートルの魔法陣が……。

「終焉凍土の咆哮《コキュートス・ロア》!!」

「四象聖獣の咆哮《フォーシンボリック・ロア》!!」

ヴァナルの口から何もかもを凍らせる白く輝くダイアモンドダストが放たれ――。

テュールの両手からは四種の属性からなる厚い障壁が生まれる――。

そしてそれらは瞬き一つする間もなく衝突する。

——!!

その衝突音は凄まじく、それぞれの魔法があたかも意志を持って咆哮を上げているかのようである。意志をもった獣達はお互いの身を削りあい、そして、お互いの存在を示さんとばかりにひときわ大きな咆哮を上げ、そして——。

相討つ。

「…………人の子よ、見事だ。確かに貴様の器見せてもらった」

「ガハハハ!! テュールよくやったな。いい根性だったぜ」

「耐えきってくれてありがとね、テュール。……これからよろしくね」

「あぁ、耐えきれてよかった。ヴァナル、これからよろしく」

こうして、一人と一匹は手を取り合い、契約を結ぶ。テュールの左手には契約の証である魔法陣が刻まれ、魂に回廊ができ、ヴァナルの存在を感じる。

「ヴァナル、契約者を見つけたからにはお前も一人前だ。しばらくはこっちの世界のことを学んできなさい……」

「!!……、はい、父さん! ありがとうございます! へへ、テュール一緒にいれるね!」

「そうだな! リオン、ヴァナルはウチに住んでもらっていいでしょ?」

「あぁ、もちろんだ。みんな大歓迎さ。なんならフェンリルも……」

「……いや、我は遠慮しておこう。幻獣界も見ていなければならないからな。息子を頼んだぞ。リオン、テュール」

「おう」「はい！」

「うむ、では達者でな」

そう言うとフェンリルは音もなく姿を消す。

そして三人は家に戻り、起こったことをありのまま説明すると、当然皆がヴァナルを歓迎し、昨日に引き続き、宴会をするのであった。そしてやはり今宵も……。

——モヨモト、おかわりっ!!——

「もぅ、好きにせぃ、ホホホ……」


さらに翌日。そう、昨日も結局宴会は夜更けまで続き、なんとかベッドにたどり着いて意識を失うように眠った翌朝のことである。

テュールは何かの気配を感じ、目を覚ます。

——!!　そこには満面の笑みで立っているツェペシュがいた。

「……ど、どうしたの？　ツェペシュ？」

「テュール、今日はボクの番だよ！　みんながテュールの友達を探してくれてるのにボクだけ何もしてないのは寂しいからね！」

「あ、ありがとうツェペシュ嬉しいよ？」

「そう？　よかった！　アンフィスとヴァナルで十分って言われちゃったらどうしようと思ったよ！　じゃあ早速庭に出よ？」

「……え、まだ、朝の五時だよ？　きっと……その友達も寝てると思うし、俺も寝てると思うし……」

　時計を見てテュールは答える。――と言ってもこちらの世界には電気がないため魔導機関で動く魔導具だが。

「ハハハ、大丈夫！　まだ夜が明けきらないこの時間の方が都合がいいのさ、さ、いくよ！　それ！」

　ちなみにテュールの部屋は二階だ。窓もついている。窓の外には庭。というわけで最短距離を行くらしい。

　シュタッ、テュールを抱えたまま窓から飛び降り、庭に着地、テュールをゆっくりと降ろすと、ツェペシュは言葉を続ける。

「フフ、リオンは、左手だったよね？　ボクはこっち」

　茶目っ気のあるウィンクをしながらツェペシュは右手を出す。そうして差し出された右手にはリオンと同じように複雑な紋様が浮かび上がっていた。

「リオンのは幻獣界、そしてボクの方は魔界という別世界からのパートナーだよー。それじゃ、いくよ？……サモン、バエル！」

　その言葉とともにツェペシュが右手を空へと伸ばすと、空に魔法陣が投射される。

幻獣界ともこっちの世界とも違うように見える魔法陣は、やはりと言うべきかテュールには読解不能であった。

そして十メートル程の大きさまで拡大投射された魔法陣はピタリと動きを止め——閃光。

そして光が晴れると、そこには男がいた——長身痩躯《ちょうしんそうく》、眉目秀麗《びもくしゅうれい》、黒髪の執事服の男。なんと眼鏡までしている。

（ま、魔界の技術力恐るべし……）

誰がどう見ても執事にしか見えない魔界からの来訪者に驚きを隠せないテュールであった。

「ご機嫌麗《きげんうるわ》しゅう御座います。ツェペシュ様、本日は一体どのようなご用向きでしょうか？」

人を魅了する色気のある澄んだ声、執事服の男が尋ねる。それにツェペシュはとても驚いたようだ。

（ん？　ツェペシュどうしたんだろう？）

「バ……、バエル？　一体何の冗談だい？　ツェペシュ様？　本来、様をつけなければいけないのはこちらだろう？　それをバエルの気まぐれで関係を対等にと言ったから甘んじてたのに、驚きを通り越していっそ可笑しいね。フフ、で、次はどんな気まぐれだい？」

「フフフ、ツェペシュ様、貴方様も知っておられる通り、私は魔界では序列一位の悪魔の王。つまり仕えるという感覚を知らないでいました。そして周りの者は全て私に伏《ふく》し、崇《あが》める始末……。つまり、仕えるどころか対等といえる関係の者もいませんでした」

そこで——執事服の男はそう言葉を続ける。

「私は忠誠の厚い臣下の者に聞きました。なぜ、私の下に付く？　なぜ、私に成り代わろうとしない？　なぜ、そこまで媚び、へつらい、崇めることができるのか、と。……その者はこう答えました。偉大すぎる者に仕える。それは誇りであり、至上の喜びであり、生きる意味にもなり得る、仕える喜びを知らない王に唯一私がお教えしたい気持ちです、と。私はこれを聞き、仕えるというものが何なのか知りたくなりました」

というわけで……、執事服の言葉はまだ終わらない

「ツェペシュ様？　貴方には私が仕えたいと思えるような方に成って欲しいと思います。それまでは練習がてら執事ごっこを続けますので。そうですねぇ、五百年。五百年以内に達成して下さい。出来なかった場合は貴方の存在を契約の代償として頂きます。フフフフ」

（な、なんなんだ、このサイコパス野郎は……！　ヤバイ！　なんつーかとびっきりヤバイ奴だ!!　さらっと言ったけど、悪魔って言っちゃってるし、しかも序列一位の王とか言っちゃってるし……）

「フフ、バエルも相変わらずだねー。了解したよー。君は気まぐれを全て推し通すだけの力があるからねー。五百年、ボクもまだまだ隠居できないね」

ツェペシュは普段と変わらない様子でニコニコと答える。

「さて、バエル。君の気まぐれ執事の件は分かった。そんな執事にボクからお願いがある。この子、ボクの家族であるテュールに悪魔を紹介してくれないかな？」

（え？　ツェペシュ？　俺友達は欲しいって言ったけど、存在を切り売りするような関係はちょっ

とゴメンかなぁ～？　気持ちだけね？　ツェペシュの気持ちだけ受け取るから、さ？　ね？）

名指しされたテュールは、両手の平にじっとりと嫌な汗が出始め、どうやって断ろうか思案し始める。

「ほ～ぉ、ツェペシュ様のご家族！　では坊ちゃまとお呼びしなければなりませんね！　坊ちゃま、私魔界というココとは別世界で王をさせてもらっています悪魔のバエルと申します。よろしくお願いしますね」ニコッ。

「テュ、テュールと申します。よ、よろしくお願いします……」

はいっ、と、笑顔で頷くバエル。そしてテュールが断りの言葉を出せずにいる内に――。

「それで悪魔の紹介ですね？　他ならぬ私の契約者ツェペシュ様のお願いとあらば中途半端な者は紹介できませんね……。いいでしょう。私の部下でもとっておきの秘蔵っ子をご紹介しましょう。……、ベリト来なさい」パチンッ。

指を鳴らすと、即座に魔法陣が展開され、ベリトと呼ばれた悪魔が喚ばれてしまう。

そこに現れたのは身長はテュールと同じくらい、サラサラ金髪の執事服を着た少年であった。ちなみに眼鏡はしていなかった。

「バエル王、喚ばれて参りました。ベリトです。何用で御座いましょうか？」

「ベリト、貴方はそこの坊ちゃま、テュール様に仕えなさい。私の契約者であるツェペシュ様の家族、失礼のないように」

「はい、畏《かしこ》まりました。テュール様、不肖《ふしょう》このベリト貴方様に命を賭して仕えたいと思います。どうか宜しくお願い致します」

「え、あ、うん、そのよろしくね？　その仕えるとかじゃなくて、もっと軽い感……、あの……、友だ……、いぇ、……なんでもないです」

終始ニコニコしてこちらを見つめるバエルの無言のプレッシャーに言いたいことが言えないでいるテュールであった。

「それで契約内容はどうしようかー？　バエル」

「そうですね。私達と同じでよいでしょう。坊ちゃまはベリトより強くなる。と、期限は……、坊ちゃまは人族ですので八年以内にいたしましょう。八年以内にベリトに一勝でもすれば何の代償もなしです。逆に一度も勝てず八年経ってしまった場合は、存在をベリトに捧げてもらいましょう。……、ちなみに勝負の内容はベリトの頭の中を私が覗くので不正を働くのであれば、その時は存在を失いたくなる程の夢を見せてあげましょう。フフフ」

「フフ、大丈夫だよバエル、テュールは不正なんか絶対にしないよ。そしてあっという間に強くなって、ボクや、もしかしたらバェル、君よりも強くなるかもね。その契約内容でいいよー。いいよね？　テュール」

「あ、うん」

（もうどうにでもなーれ）

頭が真っ白になり、もはや回避不能と悟ったテュールは、死んだ魚の目をしながら契約内容を快諾する。

「では、契約を……、坊ちゃま、ベリト、右手を……。はいっ、これにて契約完了です」

バエルがテュールとベリトの右手に同じ魔法陣を刻む。するとテュールとベリトの魂に回廊ができ、存在を感じることができる。

「そうだ、バエル。ベリトの強さはどのくらいなんだい？」

（え？　それ聞くの遅くない？）

ベリトの強さを越えなければ存在を捧げることとなっているテュールは死活問題である強さに関しての問いの遅さに、ついツェペシュにツッコミをいれたくなる。当然行動には移せない。

「現在は序列二十八位ですね。生まれてまだ十年という若輩ながら、公爵位の悪魔です。才能や成長速度を言えば私を越える逸材かと……」

「十歳で公爵位……、それはすごいね……。ボクも侯爵位くらいまでなら負けることはないけど、公爵クラスとはあまり戦いたくないからねー」

「え？　ツェペシュより強い……の？」

「う～ん、そうだねぇ、なんとも言えないけど、本気を出さなきゃいけないレベルではあるかなぁー。少なくとも今のテュールは百回戦って百回負けると思うよ～。ま、けどボクもバエルに勝たなきゃいけないし、無茶加減は同じくらいかなぁ。これからはお互いもっとがんばらないとね、アハハハ」

（わ、笑うとこなのか？　つか、自分で無茶加減って分かってるじゃねぇか！　もしやツェペシュは既に悪魔に魂を売ってしまっているのか……？）

「さ、話もまとまったことだしベリト。貴方はこちらの世界で坊ちゃまに仕えなさい。ツェペシュ様申し訳ありません。私も側で仕えたいのですが、如何せん魔界を管理しなければならないため席を長く空けられないのです。お許し下さい。何かあればすぐに呼ぶか、ベリトに言付けをお願いします」

「うん、分かったよー。バエルいい子を紹介してくれてありがとうねー」

「いえいえ、私も楽しめま——おっと……。では、また。失礼します」

そう言うとバエルは一瞬の内に消える。そして、残される三人。

「あー、ベリト、その仕えるって言ってるけどあくまで対等でいいからね？　俺が欲しいのは友達だし」

「いえ、テュール様、バエル王から仕えよとの命ですので、それは覆《くつがえ》されることはありません」

（仕えるって言ってるけど、俺の言葉は無視かーい……）

「わ、分かった。もうそれでいいよ。じゃあ今日からよろしくベリト」

「はい、よろしくお願いしますテュール様」

「さて、日も出てきたねー。朝ごはんにしよっかー。ベリトをみんなに紹介しないとー」

そうして、三人は家の中に入り、ベリトを紹介し、急遽豪勢《きゅうきょごうせい》になった朝食で朝からどんちゃん騒ぎをする。そしてオチはやっぱり……。

——モヨモト（様）おかわり（を）!!——

「え、執事ぇ……。ぇ……。もうええわい……」

涙目で食事をよそるモヨモトの背中は哀愁《あいしゅう》を感じずにはいられなかった。


さて、テュール達の屋敷に住む人々が増え、大分ここも賑やかになってきた。いや、以前から賑やかではあったのだから賑やかさが増してきた、という表現だろう。

師匠グループは、モヨモト（人族）、リオン（獣人族）、ツェペシュ（魔族）、ルチア（エルフ族）、ファフニール（龍族）。

子供グループは、テュール（人族）、アンフィス（龍族）、ヴァナル（幻獣族）、ベリト（悪魔族）となっている。

この世界では異種族で一緒に住むというのはかなり珍しい。種族差別を撤廃しようという動きを持った都市もあるが、世界の多くは異種族差別の考えが濃い。

さて、そんなイルデパン島にベリトが加わり、同年代の友達が一気に増えたテュールであったが、生活はどのように変わったたか。

まず、ベリトであるが、ツェペシュの言う通り強かった。現時点での子供グループの中での強さは、ベリトが抜きんでており、次いでヴァナル、アンフィスと続き、最下位は我らが主人公テュールである。

年齢は全員十歳であることから年齢アドバンテージはなく、つまり、この十年の過ごし方と才能、種族による違いである。テュールも一歳から鍛えているだけにまさかの同年代最弱だと分かった夜は枕を濡らしたようだ。

そしてそんな四人の戦い方を紹介すると、まずテュールは魔法剣士タイプ。わりと小器用タイプで魔法を使いつつ、格闘、剣術までこなすため、近~遠距離まで対応できるオールラウンダータイプだ。

アンフィスは魔法は上手く使えず——と言ってもブレスが反則レベルの魔法だが。戦略、戦術、駆け引きと呼べるものもほとんどない。武器も基本使わず格闘のみ、ただし身体能力が半端ないため、テュールレベルだと力でねじ伏せられる。更に言えば竜化されるとその差は覆せないレベルまで広げられる。ちなみに竜化したアンフィスをベリトは軽くあしらう。

ヴァナルは、アンフィス以上の身体能力を持ちつつ、魔法もそこそこ使え、二振りの短剣を器用に使う。短剣の二刀流は防御は鉄壁、攻撃は手数で圧倒。さらにクロスレンジでも取り回しが良い。テュールも、あれ？　俺もこれ使おっかな？　と思うほどには厄介だ。つまり、テュールを総合的に上回っている。更に幻獣化した時はそんな小手先の技など無駄無駄無駄ァァ、と言わんばかりの暴力だ。竜化したアンフィスと幻獣化したヴァナルの戦いを撮影すればそれだけで全米が泣くであろう。

ちなみにアンフィス（竜化）とヴァナル（幻獣化）＋おまけのテュール（魔法を遠くからちまちま打つだけ）対ベリトで戦ってみた結果が、先の強さを比較した際の、抜きん出ているという言葉に繋がっている。

そんなベリトだが、一対一であれば、まず戦いという土俵に立つということがない。底が見えないとは正にこのことで、未来が見えるかのように最適な動き、最小限の攻撃で制圧してくる。

ちなみにベリトは武器術も一通りできると言い、試してみると確かにどれも上手く使ってみせる。

あまりのチートキャラぶりにテューールが弱点はないのか？　と、聞いてみると、ベリトはあっけなく答え、当然悪魔ですので聖魔法には弱いですよと言う。

それを聞いていたルチアが無言で二メートル級の聖魔法を放ち、直撃したように見えたが服に汚れや乱れすらない。曰く執事ですから、とのこと。

以上の結果を踏まえテューールは――。

（もうコイツのことは深く考えるのは止《よ》そう……。でも八年後……どうしよう…。はぁ……）

深い溜め息をつくのであった。

そして、その結果に嘆いたのはテューールだけではない。そのテューールを育てていた師匠たちも同様に、いや下手をしたらテューール以上に重く受け止めていた。ワシの育てたテューールが……、俺の育てたテューールが……、と。

やはり、テューールを十年間育ててきた師匠たちはテューールが一番であって欲しいのだ。もちろんこの屋敷に住んでいる以上、アンフィス、ベリト、ヴァナルも家族に違いない。

だが、こと戦いにおいてはテューールが一番であってほしかった。鍛錬《たんれん》が足りない……、足りない!!　師匠たちの暴走はより激しさを増していく……。

そして、テューールの修行はより厳しくなっていくが、当然のように他の三人の子どもたちも修行を一緒に行う。

しかし、このまま一緒に修行をしていたのでは、平行線どころか離されてしまうんじゃないか……、そう考えた師匠たち（と言ってもモヨモトとリオンだが）は、テュールを贔屓《ひいき》し始める。他の子達に手を抜いて相手をするということはできないモヨモトとリオン。では、どうするか。テュールに対してより厳しくするしかあるまい。

修行漬けの日々は続く。うちのテュールはベリトにやらんぞっ！　と娘を持った父親の如き深い愛情で殴られる、蹴られる、斬られる。その対象は、当然テュールだ。

そんな修行がしばらく続くいたある日リオンがテュールにある紙を渡す。

「おい、いいもんを持ってきたぞ。俺の家に代々伝わる魔法だ。くれてやる覚えろ」

急に渡されてぽかんとするテュールはひとまず、どういった魔法なのかを尋ねる。どうやら、その魔法は身体機能強化魔法であり、幻想級魔法に分類される四重詠唱魔法とのこと。そもそも身体機能強化魔法は一メートルより下は存在しない。つまり、最低でも超級魔法だ。

およそ身体機能強化魔法は直径メートル×二倍程の強さになる。そして、この魔法は二十メートル以上。つまり四十倍以上も身体機能を引き上げられることになる。

「この魔法の名前は百獣の王と呼ばれる我ら獅子族の秘中の秘、使い手は獅子族しかいないためこう呼ばれている……、獣王拳、と。……見ていろ」

そう言うとリオンは両手に魔法陣を何枚も描き、合成し始める。やがて二十メートル程の一枚の魔法陣になると、輝き始め――。

「これが四十倍獣王拳だッ!!」

そう、叫ぶと可視化された赤いオーラがリオンの身体の周りを覆う。オレンジの髪は逆立ち、リオンの周りの大気だけざわめいているようだ。

「いいか、テュール、今からお前を右ストレートでぶっ飛ばす。まっすぐ行ってぶっとばす。覚悟しろよ？　もちろん、寸止めだ。だが、寸止めでもよぇえ奴なら何も残らねぇ。全力で防げよ」

テュールの頭には多くの思案事項がよぎった……、いや多くは語るまい。

くだらないことを考えていた頭を一瞬で切り替え、今できうる中で最も強固な盾を魔法で作り出し、低く構える。

見渡しのよい平原、テュールの遥か後方には、いつ現れたのかベリトが受け止めますから安心して吹き飛んできて下さいねー、と笑って小さく手を振っている。

いくぜ？　リオンがそう言った瞬間にはテュールの目の前は真っ白になった。


テュールが、次に気付いたのは、ベッドの上だった。

（……あぁ、吹っ飛ばされたのか？……寸止めでこれって、当てたらマジで死んでるな……）

テュールは、ぼーっとした頭を振り、起き上がる。隣にはベリトが立っており、起きるなりテュールがぞっとするようなことを言う。

「テュール様おはようございます。先程は大変でしたね、あの瞬間、私のところまでライナー性の当たりで飛んできましたよ。ちなみに速度はテュール様の全力移動より速かったかと……。もちろんナイスキャッチしましたよ。ええ、ファインプレーってやつですね。こうテュール様の速度をそのまま円運動の力に変換して徐々に徐々に速度を落とすように……、フフ、まるでダンスのようでしたね。ただ、テュール様は全身ボロボロで白目向いてましたけど、フフフ。あ、あと起きましたらリオン様のところへ来るようにと言付けを預かっております」

「ん……ありがとう」

ひとまずテュールは命をすくってくれたであろう執事に礼を言い、立ち上がる。

（大きな傷や骨折などはルチアあたりが回復魔法で治してくれたのか……？　だが、まるっきり全てをなかったことにはできないわなぁ）

リオンの私室へと歩く最中、痛む身体をさすりながら、そんなことを思うテュールであった。

コンコンッ。

「リオンいるー？」

「おう、入れ」

テュールは特に遠慮もせず、扉を開けリオンの私室に入る。まず目に入ったものそれは――。

「ど、どうしたのそれ？」

全身傷だらけでボロボロになっているリオンであった。

「いや、ルチアがテュールの身体を治した後、烈火の如く怒ってな？　ボッコボコにされたわけだ、ガハハハ!!　あれは四十倍獣王拳使った俺より強いぞ、ガハハハ！」

（さ、流石ルチア……）

「ご、ご愁傷様リオン……」

「おう、いやまぁ、テュールおめぇ死ぬ寸前だったからなぁ、俺も流石にやりすぎたと反省した、すまねぇ。ついカッコイイ所を見せたくてなぁ、ガハハハ!!」

リオンはそう言って豪快に笑った後、言葉を続ける。

「さて、今日からまた訓練を再開するぞ。まずは二重詠唱で五メートル級、次に三重詠唱で十メートル級、最後に四重詠唱で二十メートル級を目指す。まぁ身体もまだ万全じゃないだろ。それぞれの魔法陣だ。今日はこれを両手でお絵かきしてろ」

こうしてテュールは意識を失っている日以外は休める日などないということを改めて自覚し、今日もせっせと強くなるための努力を重ねる。

それから数日、テュールは身体を動かす訓練もしながら、獣王拳の魔法陣をせっせと覚える。

この十年で魔法の知識は詰め込まれるだけ詰め込まれているため、十倍獣王拳はあっという間に覚えることができた。二十倍の三重詠唱、四十倍の四重詠唱は、難易度が桁違いに上がるため、しばらく時間がかかりそうだ。

　ちなみに十倍獣王拳をテュールが使いアンフィスと戦ってみたが、アンフィス（人化）であれば勝ち越せるくらいになる。ヴァナル（人化）とやるとついていけるレベルになるが勝つのは難しい。ベリト……？　お察しの通りであろう。

　しかし逆を言えば四十倍獣王拳を覚えなければベリトに身体機能で並び立つ日は来ないだろう。突破口を見つけてくれたリオンにテュールは感謝する。

　ちなみにリオンは自身の治癒力のみでその日の内に全快した。ルチアも当然リオンの自然治癒力は知っているので念入りにぶっ叩いたとは言っていたが、さすが筋肉バカである。

　こうして、はちゃめちゃなことがありながらも、テュール、アンフィス、ヴァナル、ベリトの四人ははちゃめちゃな師匠たちのもと、修行を続ける。

第二章　急にスケールがでかくなるのは俺の読んできた小説でもよくあること。

修行を続ける傍らのある日、モヨモトは弟子達四人に大事な話があると言い、招集をかける。

いつになく真剣な表情で大事な話があるとモヨモトに言われたテューールはやや緊張しながらも他の三人を集めて顔を出す。

「揃ったよ」

「ホホ、立ち話もなんじゃ。みなそこにかけるがよい」

言われた通りソファーに座る四人。対面にはモヨモトが腰掛け、その後ろには、リオン、ツェペシュ、ルチア、ファフニールの四人も構えていた。

「……さて、いつかは話そうと思っとって、もう十年も経ってしもうたのぅ。早いもんじゃ。テューール、おんしは転生者じゃの？」

「……そうだ」

一歳の時から明らかに赤子に対する接し方ではなく、ましてやモヨモト達も――。

「モヨモト達も……だろ？」

そう、テューールは元日本人であるからこそ、モヨモト達の日常のちょっとした仕草、言葉、習慣を見て、そうではないかと常々思っていたのだ。そしてテューールはそんな存在に自分が転生者であることを悟られずに過ごせているとは思っていなかった。

「ホホ、そうじゃ。何を隠そうここにいる五人は全員転生者じゃ。そうおんしと同じ、日本からのな」

その言葉に驚きを見せず、肯定するテュール。ヴァナル、アンフィス、ベリトも特に驚く様子はなく……むしろだから何だくらいの姿勢で聞いている。

「それで、じゃ。何も転生者同士故郷の話をしようと思って呼び出したんではない。わしらが転生された理由。そしておんしが転生された理由について話そうと思っての」

(理由……？　あの神様みたいな存在が、剣と魔法の世界に行きたいっていう俺の潜在意識に触れたからじゃないのか？)

ここにきて、初めて動揺を見せるテュール。それを見てモヨモトが小さく笑う。

「ホホ。動揺するのも無理はない。では、まずはわしらが転生された理由を話そうかの。それは――天界の住人との戦争じゃ」

「天……界？」

初めて聞く単語に疑問符を浮かべるテュール。様々な書籍をこの家で見てきたが、ついぞ見たことのない言葉であった。

「天界ですか……。神界から堕とされた亜神の方々が蔓延《はびこ》る空間ですね？」

どうやらベリトは知っていたらしく、テュールに説明する意味もこめてモヨモトにそう返す。

「そうじゃ、と言ってもわしらは地上と天界を行き来できんでの。天界に行ってドンパチするわけではなかったんじゃ。そう、わしらに下った使命は地上に召喚された亜神――天使どもの処理じゃ」

「……天使も確か天界から神界にも地上にも移動することはできないはずでは？」

モヨモトの言葉に違和感を感じたベリトはやや早口でそう指摘する。

「ふむ、その通りじゃ。ヤツらは自分の意思や力では移動できん。じゃが、地上でこやつらを強引に呼び出すアホウどもがおったんじゃ。その名を終末教ラグナロクと言う。こやつらは地上で天使の力を使い世界を征服しようとしたんじゃ……」

なるほど……と、ベリトはそこで浮かしかけた腰を落とし、納得する。

（天使……ラグナロク……、世界征服……？　なんだその急にスケールのデカい話は……）

今日まで修行は大変であったが、外部との関わりはなく、まして明確な敵が存在するなど考えたこともなかったテュールは、どこか他人事のように聞こえていた。

「まぁ、急な話じゃ。ピンとこんのも仕方あるまい。話を続けるが、この星を作ったとされる神界に住む神ども――こやつらは神界から出られんでな。神界から天界に邪《よこしま》な考えを持つ亜神どもを追放したはいいが、その亜神、さっき言うた天使どもじゃのう。こやつらが地上に降り立ち、好き放題するのは容認できんかったんじゃ。なんせ神界の神どもにとってこの地は、自らが作り上げた箱庭じゃからの」

モヨモトは、神界の神に対する嫌悪感を隠そうとせず、箱庭という言葉を憎々しげに吐く。

「フ、ま、そういうわけだ。ラグナロクのバカどもは、地上を征服しようと天使の力を使う。天使のバカどもはラグナロクに仲間を召喚、とりわけ位階一位を召喚させようと目論んでいる。神界のバカどもは、自分の箱庭を壊されない程度に、それを楽しんで鑑賞している。どいつもこいつもクソばっかかってこった」

リオンが鼻で笑いながら——しかし、その眼光は鋭く、上空を睨みつけ、そんなことを言う。

「ま、あたしらはそんな折に転生させられてね、自分の身を、住む土地を、仲間を、大切な家族を守るために戦わざるを得なかった。気付けば、世界最強の一角を担うほどになってたさね」

「そして、テュール。おんしが転生する一年程前かの。ラグナロクの連中は、遂に位階持ちの天使の召喚に成功したんじゃ。そいつの名は——位階第四位、サタナエルじゃ。こやつが召喚される代償として、周囲数キロの命という命が全て奪われたんじゃ。それだけの対価を払わねば存在することを許されぬバケモノ。そんなバケモノとわしら五人は戦った……」

そこで黙りこむモヨモト。場を重い沈黙が包む。テュールやベリト、アンフィス、ヴァナルも重々しい空気に飲まれ、呼吸をするのも忘れるほど集中して聞いている。

「わしら五人は全盛期ではないとは言え、その当時でも世界最強の一角におった。じゃが、五人で戦っても、やつを封じ込めることしかできなんだ。それこそわしらは死に物狂いでやつをこの島まで転送し、戦い、封じ込めたんじゃ。そして、それから十一年……今もわしらはやつの地上での肉体を滅ぼそうと封印の上から崩壊の陣を刻んでおる」

「さて、こっからが本番だ。俺らはそん時の代償でな、魔力器官がイカれちまった。せいぜいが百メートル級の魔法陣までしか作れねぇ。当然魔力器官がイカれちまえば肉体にも影響はある。今の俺達の戦闘力はせいぜいが、全盛期の十分の一ってところだろうな……。そして、サタナエルの野郎と戦った時の俺達は全盛期の八割くらいの状態だ。それが五人でかかって、運良く引き分け。今位階三位以上のやつがきたら、恐らくこの世界は一瞬で崩壊するだろうな。そこで頭を悩ませていた俺たちのもとに届けられたのがテュールおめぇだ」

まっ、そう簡単に位階持ちのやつらは召喚できねぇがな、とリオンは付け加えるように小さく呟《つぶや》く。そして一呼吸置いて、テュール、アンフィス、ヴァナル、ベリトの四人に視線を配り、再度言葉を紡ぐリオン。

「ま、神界のやつらがお前を後継者と言ってここに転生させたからには、それなりの勝算があったんだろう。まぁ俺達も半信半疑でお前を育ててきた。結果から言うぞ。テュール……そして、お前ら四人は俺たちを越えられる。そして、十五になった時にこの話をしようと思ったが、もう待っちゃいられねぇ。ラグナロクのやつらが位階持ちの天使召喚の準備を始められる状態にあると情報が入ったからな。やつらが順調にその準備を進めてしまえば、早くて十年ほどで召喚されちまう。テュール、アンフィス、ヴァナル、ベリト。お前らはこの世界を守る意思は――」

「そこまでじゃリオン。あまりことを急いでもしょうがあるまい。まずは、会わせてみようじゃないか」

モヨモトがリオンの言葉を遮《さえぎ》り、そんな提案をしてくる。

(会わせる？　誰に、だ？　まさか？)

「ホホ、そうじゃよ。サタナエルにじゃ」

テュールの表情からその心を読み、そう告げるモヨモト。

「いいのか？」

リオンはモヨモトの行動に疑問を投げかける。

「いいんじゃ。どうせ遅かれ早かれ分かることじゃ。ツェペシュ」

その答えにリオンは何も言わず、静かに下を向く。そして声をかけられたツェペシュは何も言わずに四メートル程の魔法陣を八枚描き、三十メートルの魔法陣を作り出す。その魔法陣が一瞬光ると、テュールたちの目の前の景色が一瞬で書き換えられ――。

「ここは……どこだ？」

小さな灯りが等間隔で奥まで続く、洞窟へと変わる。

「ホホ、ここはこの島の地下深くの空洞じゃ。ついてくるんじゃ」

モヨモトはテュール達にそう説明するとゆっくり歩き出す。

（やけに涼しいな……。地下だからか？）

この場所に来てから鳥肌が止まらないテュールは、腕をさすりながら歩く。どうやら他の子供たちも同様のようで、ベリトですらさすることはないまでも表情を強張《こわば》らせている。

「フン。そりゃ寒さのせいじゃねぇよ。神気だ。封印しても極わずか漏れ出る神気にお前らの本能がビビってんだよ。まぁ恥じるこたぁねぇ。俺もあいつを初めて見た時は毛が逆だってぶるっちまったからな」

リオンがから笑いしながらそんなことを言う。

それ以降は特に会話もなく、十分程歩いたろうか、両開きの重厚な扉が現れ、モヨモトの歩みが止まる。

「……ここじゃ。呑まれるでないぞ？　気をしっかり持つんじゃ。しっかりとな」

モヨモトは扉に手をかけ、振り返ると念を推してテュール達に声をかける。最後の言葉は小さく呟くように、そう、まるで自分に言い聞かすように――そんな言葉にテュール達四人は首を縦に振り、静かに気を集中させる。そして扉を開くと――。

「あら、お祖父様いらっしゃい。今日はいつもの時間じゃありませんのね？　それに、初めましての子もいるわね。こんにちは。私はヨミと言うの。よろしくね？」

少女が笑顔で話しかけてくる。その少女の見た目はテュール達と同じ十歳前後であり、その艶《つや》やかな黒髪は輝きを失っておらず、陶磁器のような肌、人形のように整った目鼻立ち、しかし、その首から下は一切肌も服も見えない程に巨大な鎖で雁字《がんじ》搦《がら》めに巻き捕らえられていた。

そんな少女の前にモヨモトは一歩進み――。

「ホホ、サタナエル。その声を使うでない。その名を名乗るでない。ワシを二度と祖父などと呼ぶでない。殺すぞ」

それは本気の殺気。テュールは初めて見せるモヨモトの殺気に全身の産毛が逆立ち、目の前が暗くなりかける。

「ケケケケケ。なんだよジジィ。ノリわりぃな。それに、なーにが殺すぞっ、だよ。なーにもしなくたって殺す気じゃねぇかよ。ったく実の孫をなんだと思ってんだ？　あぁ？　はぁー俺の中のヨミが言ってるぞ？　おじいちゃんやめてぇ～、痛いよぉ～、寒いよぉ～、死にたくないよぉ～、ってな。クケケケケケ!!」

先程の鈴のように透き通った少女の声と変わり、低く品のない声でそう言葉を発するヨミと名乗った少女。その言葉が終わると同時に、部屋に大きな振動が生まれる。よく見ればモヨモトの足元には床を踏み抜いた亀裂があり、その両肩には、リオンとファフニールの手がかけられていた。

「モヨモト落ち着け。あいつの口車に乗るな……」

「ふむ。サタナエル。貴様の悪趣味は何度聞いても虫唾が走るな。そんなに焦らんでも滅ぼしてやるから大人しく待っておけ」

怒りからか言葉も出ないモヨモトに代わり、リオンとファフニールがサタナエルと対峙する。そして睨み合うこと数秒――モヨモトの全身から殺気が消え、全身の筋肉が弛緩《しかん》する。

「ホホ。まぁつまりこういうやつらじゃ、このクソッタレどもはの。そしてこのクソッタレどもは、現世に召喚される時に依り代を必要とする。その依り代にされたのがわしの孫であるヨミじゃ……」

「クケケケケ。こいつの身体はいいぞ～？　だが欲を言えばあと五年くらい成熟してからの方が良かったな。心が白すぎてちと淡白だ。色恋や憎悪まで抱けるようになっていたら、こんなジジィどもに負けることもなかったんだがなぁ～」

そう言って再度高笑いをするサタナエル。その声を、表情を、言葉を聞き、テュールは心の底から嫌悪感を抱く。そして同時に恐怖心も――。

「はぁ。ぴーきゃーぴーきゃーうるさいったらありゃしないね。こんなとこにいつまでもいたら脳みそが腐っちまうよ。もういいだろ。帰るさね」

ルチアの言葉に促《うなが》され、入ってきた扉へと歩みを進めるテュール達。そして、モヨモトが扉を閉めようとすると――。

「……お祖父様？　もう帰ってしまうの？　折角会いに来てくれたのに寂しいわ。もっとお話ししましょうよ……。クケ……クケケ……クケケケケ!!」

サタナエルは最後まで心底楽しそうに笑うのであった。

転送する場所までの短い距離を歩く最中、誰も言葉を発することはなく、靴音だけが響き渡る。

目的地であった転送の間へと辿《たど》り着《つ》くとツェペシュが短く一言そう言い、来たときと同じように魔法陣を描く。

「じゃあ、帰るね」

そしていつもの風景へと戻るとモヨモトが全員を見渡し――。

「さて、少し疲れたの。ベリト茶を貰えんか？」

そう提案する。

いつもと変わらない様子でベリトは、畏まりました――。そう言い全員分の飲み物を用意する。

誰もが静かにそれを受け取り、しばしの間、心を安める。その後テュール達の顔に血の気が戻ったのを確認してからモヨモトは話を再開する。

「……天使は、この世界に召喚されるために二つのものを必要とする。一つは依り代――器じゃな。

位階の高い天使になればなるほど入れる依り代は限られてくる。そして、もう一つは代償、つまり生贄《いけにえ》じゃな……」

モヨモトが当時を思い出したのか、ひどく疲れた顔で説明をする。その心労を察したリオンがその後の憎まれ役を買って出る。

「つーわけだ。当然喚び出される前に計画を止めれりゃそれに越したことはねぇ。だが、万が一喚び出されちまった場合……お前らもあいつらのヤバさは肌で分かったろ？　そんなやべぇやつと戦って欲しい。俺らの意志を継いでこの世界を守って欲しい。お前らには何の義務も責任もねぇが、誰かがやらないといけねぇんだ。それを頼めねぇか？」

そう言ってリオンがテュール達に頭を下げる。リオンが頭を下げるところなど初めて見た四人は驚きに顔を染める。そして、その言葉の重さを考える四人。されどその目は揺らぐことなく、前を向いている。テュールは他の三人も同じ答えであることを確信し――。

「やるよ。それに……師匠の家族を奪われたんだ。俺達はもう無関係じゃない」

テュールが見えない敵を睨みつけるように見据え、そう返答する。

その答えに師匠たちは、申し訳なさや安堵など様々な感情を混ぜ合わせた複雑な表情で感謝を告げるのであった。

それからは今後の方針を話し合う。結果として、テュール達は十五になるまでこの島で修業し、その間に師匠陣はサタナエルの地上での肉体を殲滅《せんめつ》する。

その後、この島を離れ――。

「都市国家リバティへ越そうと思ってるさね。そこはこの世界で唯一の種族差別撤廃を謳っている都市で、まぁなんと言ってもあたしらが作った街さね」

（作った……？　本当に転生者ってのは街とか作っちゃうんだな……）

テュールが今まで読んできた小説の中の転生者の多くは物語の中で街や国を作っていたが、実際に転生し、本当に街を作ったなどと言われると到底自分にはできないな、と呆れ半分、羨望半分で話しを聞いていた。

「そして、その街を拠点にしあたしらはラグナロクを追う。けど、このラグナロクっていうろくでなし集団に骨を折っているのが現実さね……」

「強いのか？」

テュールは反射的にルチアたちをもって壊滅が難しい組織にそんな疑問を抱く。

「……戦闘力という意味で言えば大したことはない――と思う、が、正直それさえも分からないさね。ラグナロクの恐ろしいところは組織力、情報力、そしてその秘匿性《ひとくせい》にあるさね。あたしらも何とか幹部を一人捕まえたが、引き出せた情報は幹部の数だけさ。九――それが最高幹部の数と言っていた。しかしそれが正しいか、その中にトップがいるのかも分からない。とにかく煙の如く実態を掴ませないという意味では天使より厄介な存在がこのラグナロクっていう組織さね……」

「なるほど……。それは確かに厄介だな……。で、そのリバティへ行ったら俺たちもラグナロクを追うわけだ」

テュールは、ひとまず声に出してみて、秘密結社とも言える存在と本当に相対することに実感を覚えようとする。

「カカ。違うよ。それはもう少し後だ。その街についたらテュール、あんた達は学校に通うさね」

「学校ぅ？」

テュールはまさか予想だにしていなかった提案に素《す》っ頓狂《とんきょう》な声を上げ聞き返す。

「そう、学校さ。名前はハルモニア、ロディニア大陸にある全ての国を合わせた中でも最も優秀な学校だ。初代校長はあたしらだよ。だが、当然裏口入学なんてさせる気はないからちゃんと勉強するさね。そういった知識はいつどこで役に立つか分からないもんだし、ハルモニアに来るような優秀な連中とネットワークを持つのは大事なことさ。そして何より、あんたらはあたしたちの子供のようなもんだ。せめて三年間——三年間くらい青春を楽しませてあげたいじゃないか」

そう言うルチアの表情には苦々しさが浮かんでいた。その表情は暗に言っていた——そのあとは血の匂いが消えない世界へ踏み込むことになる、と。

「ホホ。ついでに嫁でも探してくるのがええ」

「ガハハハハ！　そうだな、女の一人や二人作ってこい！」

そして、そんな空気を吹き飛ばすようにモヨモトとリオンが茶化し、やっぱりルチアが呆《あき》れた目でそれを眺めるのであった。

そして、五年の月日が流れる。テュール達は十五歳を過ぎ、心身ともに成長した。

元々成長が速かった四人は既に骨格は出来上がり、その鍛え抜かれた身体は鋼のようだ。

余談であるが、テュールはベリトより身長が高くなった。テュールはダメ元で身長で勝っているので契約の勝負は俺の勝ちでいいいな？　と聞いたところバエル王の前でそれを言えるなら、とニッコリ返されたなんてこともあった。更に言えば少し根に持っていたようでその日の組手の際は、普段の一・五倍タコ殴りにされたとか――。

さて、当然この五年間身体が出来上がり、モヨモト達の意志を継ぎ、対天使を想定しはじめたテュール達の修行は常軌を逸した。どのような内容か――言葉にするのを躊躇《ためら》ってしまうほどの訓練は、四肢がもげる程度は日常茶飯事だ。比喩でもなんでもなく、実際にテュールの両手両足は千切れていない四肢はない。ルチアがいるからこその無茶であった。

そして、そんな五年間を過ごしたおかげでテュールはモヨモトやリオンともある程度戦えるようになっていた。

子供たち四人の強さも変動があり、ベリトには届かないにしても、テュールはヴァナル、アンフィスに勝ち越せるほどには強くなっていた。

もちろん十歳の時と比べればヴァナルやアンフィスだって強くなっている。その差を縮め、追い越すのはそれこそ四肢が一回、二回もげたくらいじゃ到底ムリだっただろう。

ベリト？　その話はひとまず置いておこう。ただ一つ言えるのはテュールが強くなればなるほど、ベリトの強さの限界は見えなくなっていく、と。

とりあえずテュールは在学中に何か良い方法はないか探してみようと後回しにした。これ人を行き当たりばったり、思考放棄という。

そして旅立つ日まで残り二週間、修行も最後の追い込みにかかっている。

「テュールや、おんしはほんに強くなった。わしもまさか十五で全てを託せるようになるとは思わなんじゃわ。おんしならモヨモト流剣術の秘剣を使いこなせるじゃろて……。これを教えたらおんしはモヨモト流剣術免許皆伝じゃ。ちなみにモヨモト流免許皆伝はまだ一人もおらん。つまり、おんしが最初の免許皆伝になれるかもしれんの、ホホホ」

（いや、それ単にモヨモトの作った剣術で、習ったのが俺だけだったからだろ？）

テュールは心の中でそう思うが口には出さない。そう、それが大人なのである。そして代わりに発した言葉が――。

「あぁ、モヨモト。俺がモヨモト流剣術の看板を背負ってやるさ。モヨモトにそんな物騒《ぶっそう》な棒っきれは似合わない。おたまとしゃもじの方がよほど似合うさ」

ちょっと良いこと言った風でドヤ顔である。

「ホホホ、そうじゃの。わしの剣術を継ぐ者など考えたことがなかったが、存外目の前に現れるとなると嬉しいもんじゃの……。ではテュール、秘剣『不殺《ころさず》』体得してみせぃ……」

そう言うとモヨモトは木剣をしまい、無手となる。そして両手に魔法陣を重ね、二十メートル程の魔法陣が空に浮かぶ。その魔法陣から生まれたのは一本の刀。幻想級の魔力が圧縮され形となった魔力刀。

「ホホ、久方ぶりの本気じゃ、身体よ持ってくれよ？……テュールや、今からの攻撃防いでも良いぞ？」

テュールはモヨモトの一挙手一投足《いっきょしゅいっとうそく》を見逃すまいと意識を針のごとく集中する。

モヨモトがゆっくりと右手を挙げた——と認識した瞬間にはモヨモトは消えていた。まばたきをした訳でもない。意識を割いたわけでもない。

（単純に消えた？）

テュールは一旦何が起こっているのかを把握するのはやめ、モヨモトの姿を探し、かつ斬撃に備える。そう思った時点で胸から刀が生えていた。

痛みもなく、苦しみもなく、そしてただゆっくりと眠るように意識が遠くなる。そんな不思議な感覚を味わいながらテュールは倒れる。

モヨモトは刀を霧散《むさん》させ、地面に倒れ込むテュールを抱える。ゆっくりと地面に寝かすと……、

「喝ッッッ!!」

頬にビンタを食らわす。

「ふべらッッ!!　ってぇ……。って、あれ？　俺意識……。あぁー……、やられちまったの、か……」

「ホホホ、わしもまだまだ捨てたもんじゃないじゃろ？」

嬉しそうにモヨモトが笑い、何をされたか分かったか？　そう問いかけてくる。

「んー、まず、初動。右手を挙げた後は歩法『浮動』による無音の移動だろ？　だが、浮動にしても起こりさえ見えないのはおかしい。ということは右手を挙げたことに意味があるわけだ。なにかしらの方法で意識の隙間みたいなもんを突かれた」

ふむふむ。頷くモヨモト。

「で、その後の斬撃だが痛みどころか斬られた感触すらない。身体が元からその刀を通すように作られてたのかと錯覚する程だった。斬撃が身体の隙間を縫ったような……」

テュールは一度言葉を区切り、そして、と続ける。

「魔力刀は魔力器官を貫いて魔力の流れを止めたってところか……。どの種族も魔力の循環は身体の維持に必要だからな。そこをついて魔力欠乏由来の失神《ブラックアウト》を引き起こす、こんなところか……？」

「ホホホ、まずまず正解じゃ。まずは『瞬隙《しゅんげき》』じゃな。人の意識は連続しているようだが、極わずかな隙間があるんじゃ、そこを捉える。わしは捉えやすいように右手をゆっくり挙げ、おんしの意識の隙間を広くした。そしておんしの眼球の揺れ、呼吸、筋の緊張、ほんの刹那のタイミングの隙間に最速の『浮動』を入れたわけじゃ。じゃが言うは易《やす》し行うは難《がた》し。ホッ」

そう言って息を一つ吐くとテュールの視界からモヨモトの身体が音を残して消え去る。

「ホホ、この最速の浮動が難しいんじゃよ。音もなく、風もなく、殺気も闘気も剣気もなく、ただ浮かぶ雲の如く泰然と、それでいて雷の如き速さで、じゃ」

テュールの後ろから聞こえてくるモヨモトの声。テュールが振り返るとそこには既に二十メートルの魔法陣が完成されており、瞬時に凝縮されモヨモトの手の中で魔力刀と化す。

「……そして最後の斬撃。あれも瞬隙を利用して、おんしが動き始めようとする意識の切り替えの隙間をついて刺したものじゃ、ちなみにこの斬撃『不殺』は、魔力刀でしか為し得れん。魔素一つ分の薄さ、それでいて剣を成すための強固さが必要じゃからな」

モヨモトはそう説明しながら、実際の動きをなぞるように演舞する。

「こう、やって、身体の隙間を縫うように魔力器官を貫き魔力の流れを止める。ホホ、魔力欠乏による意識消失は防げないからのぅ。そして魔力刀を消せば傷跡も残らず後遺症もない。それでいて相手の意識を確実に刈り取れる。これが『不殺』じゃ」

そして一呼吸置き、モヨモトが静かに想いを託す……。

「おんしに業を背負わせたわしにこんなことを言う資格はないが、出来るなら人が死なない世の中であって欲しい。それがたとえ命を懸ける戦いであっても、じゃ。テュールおんしは強い。そして優しい子じゃ。誰かを守るために戦うこともあるじゃろう。そんな時は相手すら守れる強さを持ってほしい。わしはそう願っとるんじゃよ……」

「モヨモト……。――あぁ、確かにその想い受け取った。俺もモヨモトの言う世界の方が好きだぜ？　甘っちょろい考えって言われるかも知れない。けどそんな考えを貫き通すだけの強さを身につける。そしてモヨモトの、……師匠の後継者として全てを守れる剣であり続けたいと思う」

「テュール……。嬉しいのぅ……。おんしの親であり、師匠で本当に良かった……」

「ですがテュール様、出立まで二週間程ですが体得できますでしょうか……？」

静かに行く末を見守ってたベリトがポツリと呟く……。

ピクッ。モヨモトの少し震えてヨヨヨヨとなっていた身体が静止する。

「あぁ～、モヨモト、逆だ、逆に考えよう。二十四時間×十四日。つまり三三六時間もある。さ、始めよう……」

「そうじゃな問答する時間も惜しい。今から三三五時間と五十九分、死ぬ気でついてくるんじゃや……」

「あぁ、死ぬ気で、か。それなら問題ない。修行を始めてからの十四年間エブリデイ死ぬ思いだったからな」

ホホ、カカと笑い合い、イルデパン島での最後の追い込みが始まる。

そして見事、十三日後にモヨモト流剣術免許皆伝という肩書をもった男がこの世に生まれる――。


「ついにこの日がやってきたか……」

島の外縁に立ち、海を眺めるテュールが呟く。

今日は、テュール、アンフィス、ヴァナル、ベリトがイルデパン島から旅立つ日である。

四人は既に出立の準備を整え、その時を待つ。

昨夜はとても楽しい夜だった。食べて騒いで歌って殴って蹴って……、イルデパン島ならではの荒っぽいスキンシップをテュール達は心ゆくまで楽しんだ。

「さて、そろそろ行こうか」

テュールがそう切り出す。頷く三人。

そんな四人にモヨモトが一歩踏み出し、声をかける。

「ホホ、サタナエルの方が終わり次第合流するからの。おんしらの入学までには間に合うじゃろ。それまでしばしの別れじゃが、修行をサボるでないぞ？」

そして、見送りにきた者達もそれに続く。

「アンフィス……。お前は我のわがままでこの地に縛り付けてしまっていたな。外の世界存分に楽しんでくるがよい。誰でも彼でも喧嘩を売るでないぞ？」

ファフニールが息子であるアンフィスに言葉を送り、餞別《せんべつ》だ。と言って漆黒の籠手《こて》を渡す。ありがとうな、行ってくる。少し気恥ずかしそうにアンフィスが答える。

「ヴァナル、良き友人を得たな……。その者らと一緒に見る景色はさぞ楽しかろう。外の世界を存分に駆け廻ってくるがよい」

フェンリルがヴァナルにそう言葉をかけ、一剣一対の短剣を手渡す。うん、最高の友人だよ！テュール達と楽しんでくるね、いってきます！　とても爽やかな笑顔でそう答えるヴァナル。

「フフ、ベリト、悪魔に肉親というものは存在しません。ある日突如生まれ、そして生きている内にいつの間にか敵、味方、そして仕えるべき強者が見つかります。そんな中偶然私は貴方を拾い、育てました。しばらくこの島のぬるま湯に浸かったせいでしょうか。私も家族ごっこというものを気まぐれでしたくもなります。悪魔王バエルの息子として恥じぬよう品位ある生き方をしなさい」

バエル王の息子ですか、とても荷が重いですね……、しかしその気まぐれ私も大変好ましく思います。父の言葉確かにこのベリト承《うけたまわ》りました。そう言っていつものように微笑みを浮かべるベリト。

そしてルチア——。

「かぁ、あんた達、今生の別れじゃないんだから大袈裟《おおげさ》なんだよ。テュール、悪い女にひっかかるんじゃないよ？　あと家は綺麗にすること、食事は三食きちんと食べるさね。まぁそこらへんはベリトがいれば心配はいらないね。あとはジジイが言った通り修行サボるんじゃないよ？　次会った時弱くなってたら容赦しないからね」

ツェペシュ——。

「フフ、テュールしばらくお別れだねー。モヨモトとルチアはこんなこと言ってるけど、ボク達がいない間は羽を伸ばすといいよー」

そんなことを言うツェペシュをギロリと睨むルチア。

しかし、ツェペシュはどこ吹く風でそんな視線を受け流す。

最後にリオン——。

「ガハハハハ!!　まぁ、存分に遊べや。ほれ」

リオンはそう言って拳を突き出す。その大きな拳に、自らの拳を合わせるテュール。そして、一つ息を吐くと、まっすぐ前を向く。

「十五年間育ててくれてありがとう。正直修行キツすぎだし、死ぬかと思った回数も四桁越えてるし、ここ数年はとんでもないところに転生しちまったなぁと思わなかった日はない。けど、そんなアホみたいな修行生活も楽しくて好きになっちまうくらい、この島の生活は、この島の家族は最高だった。こんな機会でもなきゃ言えなかったからな。本当にありがとう」

師匠たちはどことなく気恥ずかしそうにテュールの言葉を受け取り、しっしと追い払うように見送る。

竜化したアンフィスの上に三人が立ち、テュールが最後の言葉を投げる。

「いってきますっ！」

そして旅立つのにピッタリな蒼い空へ黒い龍が溶け込んでいく、極僅かな雨を降らせながら……。


「……」

「泣いちゃったねぇ～テュール♪」

「……ププ、おいヴァナル、言ってやるな。テュールは家族が大好きなんだ、感極まっちまったんだろ。しょうがないさ……ププ」

テュールは真横でからかうヴァナルを努めて無視する。更にアンフィスもその巨大な角を生やした頭をぐるりと後ろに向け、半嗤いでそんなことを言ってくる。

そして無言を貫いたまま水平線の先を睨み続けるテュールの元に執事までやってくる。

「えぇ、そうですよ、プ……ん、コホン。プ……テュール様の涙とは……プ、大変ブブブ、珍しい……ププ、ンハッ、ゴホッゴホッ、失礼……、むせてしまいました」

「……」

遂にテュールは水平線ではなく、三人を睨み、その手に何かを浮かべる。

「テュール怒っちゃったの〜？　無言で魔法陣出すのやめよー？　しかもそれ結構数が多いから大きそうだよ？」

「……、テュール、あー、そのなんだ？　悪かったって？　な、それしまえ？　な？　ほらこんな上空で暴れたら落ちちゃうぞ？　あと俺の背中の上ってことを、その思い出してくれ、な？」

「テュール様、大変申し訳ありませんでした。貴方様の執事でありながら貴方様を怒らせる失態……、心より反省しております……。ププ、あ、思い出したら、つい、失礼」

プチンッ。

「沈め、重力千倍」

幾重にも重ねられた魔法陣が一枚に合成され二十メートル程の大きさとなる。そしてアンフィスを中心に半径五十メートル程の球状の空間が歪む。そしてテュール達四人は歪んだ空間ごと海へと叩きつけられる

「ぐべらっ!!　ごぼぶっべばばばっぶばっぼぼぼぼ……」

「アハハハハバババババババ……」

「おぉ〜、そう言えば海の中は初めて見ますが、綺麗なものですねぇ〜、これは良いものが見れま

した！」

「………ぶくぶくぶく」パチン。

そして十秒程で魔法を解き、浮上する。

「オ゛エ゛ェェ……、しょっぺぇ……、海水飲んじまった……、ぎもぢわりぃぃ……」

誇り高き空の王者、黒龍が海水を飲んでえずいていた。

そして、当然テュールとヴァナルも水浸しだ。

「……で？　なんでお前だけ濡れてないんだ？」

「フフ、執事ですから」

一人だけ全く海水をかぶっていない執事がそう言うと、沈黙が訪れる。そして――。

「……ップ、アハハハ!!　ベリトは相変わらずだし、アンフィスはかっこ悪いし。テュールもずぶ濡れで、ボクもずぶ濡れ！　おっかしいや！　アハハハ!!」

それを見たヴァナルがカラカラと笑う。その明るい笑い声に拗ねるのもバカらしくなったテュールは一緒になってアンフィスをからかう。

「……ッフ、ハハ、……そうだな、アンフィスだっさいな！　お前はダサダサだ！　龍ともあろうものがたかだが千倍の重力如きに負けよって！　精進せぃ、精進せぃ、ナハハハ!!」

「ック、テュール……、てめ、覚悟しろよゴラ？」

「鼻水海水龍などちっとも怖くないな、フハハハ!!」

するとアンフィスの顔がくるりとこちらを向き、口から魔法陣の光が……。

「ちぇい！」

ブレスを出される前にヴァナルが背中から頭に飛び乗り、眉間を踏み抜く。

一瞬目を回すアンフィス……。

「て、てめぇら、二対一か、上等じゃねぇか……、本気だしたらぁ‼」

わー！　きゃー！　そこからは二対一で龍退治だ。上空で魔法陣が色鮮やかに光り輝き、炎が風が氷が吹き荒れる。

こうして、テュールは友人の気遣いに感謝し、大袈裟にからかわれる。

（まったく本当によく気を回す友人たちだ、そんなに気を遣うなっての……）

言葉にするのは無粋、ならば全力の拳と魔法で応えよう。それがイルデパン流儀なのだから。

「フフ、では、私も混ぜてもらいましょうか」

「「お前《ベリト》はダメだ（よ）」」

三人仲良く同時に振り返り、真剣なトーンでそう答える。

「おやおや、仲間外れとはヒドイですね……」

ップ、アハハハ‼　こうして夕焼けの空を一匹の龍と三人の青年が笑いながら翔ける。

遥か水平線の先には唯一大陸であるロディニア大陸が見えてきている。都市国家リバティまでもう少し――。

それから夜を越し飛び続けたテュール一行は大陸へと辿り着く。

そこでルチアから教わった街や大陸の位置関係を思い出しながら四人は都市リバティを探す。

そしてしばらく大陸の上を飛び続けていると――。

「んー……、あれじゃないか？　ほら、円形の都市だろ？　大きさもルチアの言ったくらいの大きさだし、城壁もあるし、それにシンボルであるハルモニアの時計塔だろアレ」

そうテュールが指差した先には、高さ二十メートル程の城壁がぐるりと囲っている城郭都市があった。その都市には大小様々な建物があるが、中でも特に目立つ建物が二つ。

恐らく都市統治者が住んでいるであろう城、そしてもう一つが大陸一の学校と言われているハルモニア校と思われる建物だ。その建物には赤土色のレンガ造りでとても立派な時計塔がそびえている。

「フム、恐らくそうでしょうね。四方の街や土地の特徴も一致しています。流石テュール様、お見事で御座います」

「おぉ～、テュールお手柄ー！　よっし、早速入ろ入ろ！」

ヴァナルが待ちきれないとばかりにそんなことを言うが、慌ててテュールは待ったをかける。

「いやいや待て待て、五種族がいる街と言っても龍族は珍しいってことだし、特に黒龍が降りてきたとなったら騒ぎになる。少し離れた所に降りて歩いて行こう」

その言葉にヴァナルは確かにと納得し、一緒に聞いていたアンフィスも同意し、ひと気のない森へと降りる。

そこでテュールは一歩を踏みしめ……。

「さぁて、遂にイルデパン島以外の土を踏んだわけだ。……この一歩は小さな一歩、そう小さな一歩だ。だが……だが!!　我々にとっては大き――」

「なに言ってるのテュール～、置いてくよ-？」

ヴァナルの声が遥か先から聞こえる。アンフィスも人化し、三人は既に移動を始めていた。

（む、風情《ふぜい》がないヤツらだ。アームストロなんちゃらさんごっこくらいさせてくれても良いだろうに……）

「へいへーい」

と、テュールは余計なことを考えながら駆け足で三人に合流する。

そして、四人が暫《しばら》く歩くとリバティへの市門が見えてきた。そして市門の前には武装した衛兵らしき者が二人いる。

（ちょっと緊張してきた……。いきなり攻撃されないよな？……いや、それはないだろ）

テュールが心の中で一人ボケツッコミを入れている間に、ぐんぐん門は大きくなり……。

「おい、そこの四人止まれ」

衛兵とのコンタクトミッションが発生する。

四人は逆らうつもりはないため、指示通り立ち止まる。

「見ない顔だな。ここへは初めてか？　どこから来た？」

「あぁ、ここへ来るのは初めてだ。ずっと西にある田舎から出てきてね、名前もないような小さな集落さ。ここへはハルモニアの入試を受けにきた」

テュールが一歩前に出て衛兵の質問に答える。

ふむ、なるほどな。まぁちと怪しいが満更嘘っていう感じでもないな、衛兵の一人がそう言った後四人に対し手の平を見せろと言ってくる。

四人は大人しく両手の平を衛兵に見せる。

四人は様々な知識をルチア達から習ったため、この慣習も知っていた。犯罪を犯すと手の平に刻印が刻まれる。つまり犯罪者かどうかを調べるものであり、当然四人にあるわけもなく……。

「……よし、いいだろう。では入場パスを発行しよう。一人あたり一万五千ゴルド。四人で六万ゴルドだ」

（ゴルド……？　ゴルド……。ゴルドかぁ…………）

ゴルドとはロディニア大陸共通の貨幣で、日本の貨幣価値と比較するとおおよそ一円＝一ゴルド。つまり、六万ゴルドとは六万円程になる。

（そういや、イルデパン島にいる頃って全て自給自足だったから実際のお金って見たことなかったなぁ。なぁ？……お金持ってる？）

目でそう尋ねるテュール。

ふるふる。

三人はゆっくりと首を横にふる。

「あっ……」

「ん？　どうしたんじゃ、ルチア……？」

「いや、そう言えば当面の資金を渡すの忘れてたさね、あたしとしたことがうっかりだ……」

「ガハハハ、まぁ歳も歳だ！　ボケても仕方あるめグロガヮァッッッ!!」

……フシュ～、……ピクッピクッ。

「リオンも懲りないねぇ～、まぁ、けどテュール達ならなんとかするでしょー大丈夫だよ、きっとーハハハハー」

「そうじゃな、あやつらならまぁ上手く機転を利かせて乗り切れるじゃろいホホホ」

「……そうさね。まぁもう過ぎちまったもんはしょうがない。あいつらも立派な大人だ、己が道は己で切り拓くさね」

「ガハハハ、そうだな!!　ガハハハハ!!」

ムクリとリオンが起き、何事もなかったかのように豪快に笑いながら――。

こうしてルチアは今まさにというタイミングで思い出すが、わりと適当だった。

「ん？　どうしたんだ？　顔を見合わせて……。なんだ足りないのか？　まぁ田舎から来たって言ってたしリバティは他の街と比べ入場料が高いからな。で、今いくら持ってるんだ？」

（いくら……？　ゼロか、ゼロっていうのか？　流石に田舎から出てきたとしても一銭も持っていないのはおかしいだろ。盗られた？　落とした？　いや、ここで黙ってしまった時点でこれは怪しすぎる……。かくなる上は……）

テュールは頭をフル回転し、どうすれば衛兵に怪しまれずに切り抜けられるかを考える。そして出した答えが——。

「ゴルド？　ハハ、それなんですかねぇ？　食い物ッスか？　おい、お前らゴルドって知ってるか？」

そう言って振り返り、アンフィス達に助けを求める。

しかし、そこにはこの世の終わりでも見てしまったかのように呆れた目でテュールを見返す三人がいた。

（黙れ、お前ら、顔がうるさいぞ。もうここまでやっちまったんだ。引き返せないのは分かるな？ならば合わせろ。俺達はいついかなるときも友人であり、家族だ。ほれ、ほれ、ほれ）

目と顎でテュールが三人の答えを催促《さいそく》する。

「テュール様、ゴルドとはお金のことです。貨幣です。貨幣とは物の価値尺度となるもので、対価を求められる際の媒介物《ばいかいぶつ》として使います。つまり都市国家リバティへ入場するためには対価としてお金が必要なんです。分かりますか？」

ベリトはテュールがゴルドを何か分かっていないのに合わせてくれているが、その回答だと衛兵をごまかすのは無理そうだ。というよりそもそも無理そうだ。なんで俺はあんなことを言ってしまったのだろう。テュールは早くも後悔する。

「テュール坊ちゃま。テュール坊ちゃまがキラキラして綺麗と言ってさっき川に投げ入れたのがお金だよー？　金色でピカピカしてるけどおもちゃじゃないから今度から投げちゃダメだよー？」

ヴァナルも合わせてくれたようにみえるが、これは違う。単に面白いからテュールをからかっているだけだ。

「すみません、衛兵さん。あの、うちの大将は集落の長の息子で、それはそれは賢い人だったんでさぁ、けれど途中の森で足を滑らせ岩に頭をぶつけてから急に訳の分からないことを言い出すようになっちまって……。入場料としてとっておいた大金貨もこの始末でさぁ……。とにかく医者に見せたい……。金は絶対に返します。どうか入れてもらえねぇでしょうか……！」

ちなみに大金貨は十万、金貨は一万、大銀貨は千、銀貨は百、銅貨は十ゴルドだ。

「アーアーアー、かゆ……うま……、アー、アー……」

仕方なくテュールはアンフィスの頭をぶつけたという説明に合わせようとする。が、しかし、衛兵の二人はものすごく冷めた目でテュールを見つめ――。

「あー、内勤のヤツに連絡して交代してもらうから少しの間、番頼むわ。とりあえずこいつら詰所に連れてく。おい、お前ら妙な真似はするなよ？　腕の一本や二本失くなっても人間死なねぇんだ。余計な手間かけさせてくれんなよ？」

そう言うと、手際よく四人の手首に縄を巻いていく。

そしてそのまま四人は縄で繋がれ市門をくぐることとなった。

（……ッフ、ほ、ほらな？　入れただろ？）

小さく呟くテュール。

三人はそれに何も言葉を返さず、ただただ憐憫《れんびん》の視線を向けるだけであった。

こうして四人は幸先が良いとは言えないスタートを切り、リバティへと足を踏み入れたのであった。

ざわざわ……ヒソヒソ……。

（あら、あんな若いのに犯罪を……）

（ママー、あの人達なんでおててに縄……シッ見ちゃいけませんっ）

（世知辛い世の中だねぇ～、身なりはいいのに、……あれも盗んだのかねぇ）

連行されている四人は非常に注目を浴びていた。もちろん悪い意味で。

（ツク、騒ぎを起こさないはずが……、この街で目立たないようにするという目標が……！）

悔しい顔で下を向くテュール。縄を手にかけられているのが気に入らないのかアンフィスもやや不機嫌そうだ。

ちなみにヴァナルとベリトは連行されているときもずっとニコニコ顔だ。

（なんでお前らそんな堂々と笑いながら連行されることができんだよ……）

「着いたぞ、入れ」

そう言って先導している衛兵が堅牢《けんろう》そうな建物の入り口を開く。どうやら先程チラッと言葉に出てきた詰め所のようで、衛兵が何人もいる。分かりにくいので先導している衛兵の人は門兵さんと呼ぼう。

門兵さんは、中の人達に軽く挨拶をし、事情を説明する。その内の一人が門兵さんの代わりに市門へと駆り出されるみたいだ。

そして門兵さんは椅子に座り、背もたれによりかかりながら問い始める。当然四人は縄を繋いで立たされたままだ。

「で？　正直に言ってみぃ？　次嘘ついたら二度とこの街の土は踏ませないからな？」

「あ、はい、すみませんでした。私のど田舎集落は自給自足が基本で、交易と言っても物々交換が基本でした。つまり貨幣の流通がほとんどなくですねぇ、私達もいざリバティへ出立したはいいもののお金の存在をすっかり忘れていまして、ハハ、無一文でここまでやってきしてしまった次第でございます」

テュールが正直に答える。

「ハア……、まぁそんな田舎もあるだろう。で、なんで嘘ついたんだ？」

「すみません。とっさのことでつい焦ってしまいまして……。そのぉー……あ、怪しまれるのをですねぇ……避けようかなぁ？……と」ごにょごにょ。

言葉を続ける内に徐々に尻すぼみになっていくテュール。そんなテュールをジト目で見つめる三人＋門兵。

（ツク、門兵さんは分かるが、お前らまでなんだ！　確かに今回の失敗、あぁそうだ失敗と言ってもいいだろう。だがその失敗を認め、許し、支えるのが家族だろう！　なぁ！）

心の中でそう叫びながら三人を睨むテュール。三人はやれやれと言った様子で肩をすくめ首を横に振る。半笑いで。

「あぁ、分かった分かった。お前らが仲良しこよしで、まぁ悪いヤツでもなさそうなことは分かった。今回は多目に見てやる」

「門兵さん、ありがとう!!」

ったく、調子がいいなと若干呆れながらも門兵は言葉を続ける。

「で、だ。この街では仮入場パスってもんがある。一回限り、一ヶ月の間有効だ。この期間に金をなんとかして正式な入場手続きをとれ」

ほれ、これが仮入場パスだ。と言ってカード状の入場券を四枚渡される。

「金をなんとかしたいなら冒険者ギルドに行け。仮入場パスを持っていけばギルドでも仮登録してもらえる。そこに雑用やらなんやらの依頼が転がってるから必死にこなせ。宿はギルドの隣に安宿がある。うちにも冷たくてジメジメして鉄格子のついた部屋ならあるがあいにくお前らをタダで泊めてやるほどお人好しじゃない。世話させんなよ？　わかったな？」

そう言ってギルドへの道順を教えてくれる。

（ツク、ぶっきらぼうだけど意外に面倒見がいい。ツンデレ門兵さんとかキュンと来ちゃう。いや、来ないけど）

そして四人は名前を教え、門兵さんの名前も教えてもらう。ウェッジというらしい。ウェッジさん迷惑かけてごめんね？　あとありがとう。テュールがそう言うとウェッジは顔は上げず手をひらひらと振る。それを見届け、四人は外へ出る。

「やはりシャバの空気は美味いぜ！」ゴンッ。

テュールが詰め所を出た途端言っておかなきゃいけない言葉を言うと、アンフィスに頭を殴られる。

「……ったく、今回のはヒヤヒヤしたぞ！　お前これでリバティへ入れず、島に戻ってみろ。……ルチアに確実に消されるぞ？」

（た……、確かに……!!）

アンフィスの適切すぎる指摘に青い顔をするテュールであった。


「へっくちっ」

「ホホ、ルチア珍しいのー、風邪かの？」

「ガハハハ!!　ババア歳じゃねクロノミコンッッッ」……フシュ～、……ピクッピクッ。

「ふん、どこぞのガキ共が悪口でも言ってるんだろうよ」

「フフ、案外入場料払えないで門前払いされてたりしているかもね～。それでココに戻ってきてルチアお金頂戴～、なんて相談しているのかもね。フフフ」

まっさかー、アハハハハ!!……あながち笑い飛ばせない状況になっていることを知る由もないイルデパン島の面々であった。


「まーまー、こうやって入場もできたんだし、あんまり怒らないであげよーよ。それに面白かったしぃー。ゴルドが食べ物って……ププ」

「ブフッ! ん、コホン……失礼しました。そうですね、今回は私も失念していました。申し訳ありませんでした。反省はここまでにしておいて次の事を考えましょう。入試まで三ヶ月程、それまでに正規入場パス料、日々の生活費、入試費用、一年分の学費を稼がなければなりません。遊んでいる時間はありませんね」

まぁ、それもそうだな。アンフィスは納得し、拳をテュールの前に突き出す。

あぁ、ベリトの言う通りだ。今回は俺のせいですまなかった。頭を下げるテュール。そしてアンフィスの拳に自分の拳をコツンと合わせる。

「よーし、目指すはギルドだ! 稼ぐぞ! 野郎どもー!」

「おう!」「おぉ～!」「畏まりました」

そして詰め所からギルドを目指し歩き始める四人。

ウェッジから教えてもらった道を歩きはじめて十分程が経つ。先程までの大通りから一本路地を入ると、そこは薄暗く、人の気配も急に薄くなる。そんな道で――トントン。

不意にベリトに肩を叩かれる。テュールは何事かと振り返るとベリトがある一点を見つめていた。テュールはその視線を追うと、袋小路の先でムキムキなタンクトップのモヒカン男三人とゆるふわカールの美少女エルフがお話しをしていた。仲良く楽しげに会話をしているなら構わない。が、エルフの少女は泣いているようでどう贔屓目に見ても仲良くとは言い難い雰囲気だ。

「やれやれ……世も末だねぇ」

そうこぼして会話に混ぜてもらいに行くテュール達一行。

テュール一行が世紀末お兄さん三人とエルフの少女の元へ近づいていくと次第に会話が聞こえてくる。

「へへ、道に迷ってんだろ？　俺達が案内してやるよ」

「い……、いえ、大丈夫です……ゆ、許して下さい。帰して下さい」

「そう言うなぁって。困った時はお互いさまだ。ほら、こんな薄暗い路地に一人じゃ心細いだろ？　俺らここらへん詳しいからよ、な？」

ニヤニヤした男どもが少女を壁際まで追い詰める。

追い詰められた少女は目をギュッと瞑《つむ》り、顔から血の気が引いている。身体も震えているようだ。

「はいはーい。お兄さんがたー、いたいけな少女を怖がらすのもそこまでにして下さいねー」

背を向けた三人のすぐ後ろからテュールが声をかける。

「なっ、てめ、なんだ!!」

三人の内、真ん中の一人が突如現れたテュールに対し驚きの声を上げる。

だが、その男は現れたのが年端もいかぬ青年だと気付くとすぐに冷静さを取り戻し、周りの住人や警邏《けいら》の兵に気付かれないようにと声を低くし、威圧的な言葉を吐いてくる。

「……こっちは取り込み中だ。今すぐ失せるなら邪魔したことは見逃してやる。怪我しねぇ内に回れ右して消えろ」

そう言えばこんなガキすぐさま逃げ出すと思ったんだろう。だがしかし人に見つかったのも事実。三人は性急に事を進めようとすぐにテュールに背を向け、強引に少女を攫《さら》おうと手を伸ばす。

テュールはやれやれと言った態度でその三人に待ったをかける。

「あぁすまないな。この場面で素通りするとうちの祖母、いや祖母って言うと怒られるな。まぁとにかくうちの女大将にぶっ飛ばされるんでね。申し訳ないがこちらのわがままに付き合ってもらうぞ」

あん？　三人は再び振り返り、剣呑《けんのん》さを帯びた視線でテュールを睨む。

真ん中の男がリーダーなのだろう。残りの二人に声をかけ、自らはテュールの前に一歩踏み出す。

「おい、お前らその女が逃げないよう、見張って――」

言い終わらない内にテュールは浮動でリーダー格の男に近づく。少女の方へ男の身体が吹き飛ばないよう左手で胸ぐらを掴み、右手の小指で極々軽くデコピンをする。

男の意識はそれだけで途切れる。

「「……なっっ!!」」

テュールは男を地面に置き捨てると、混乱している残りの二人に対し左右の人差し指から五セン味そうだ。

圧縮された風の弾丸は二人の額に当たり大きくその頭を仰《の》け反《ぞ》らせる。白目を剥き、意識を失った男二人をすぐさま掴み、リーダー格の男の上に放り投げ、世紀末バーガーを作り上げる。実に不味そうだ。

そして丁度男どもを片付け終わった時に、複数の足音と話し声が近付いてくるのが聞こえる。アンフィス、ヴァナル、ベリトの三人が街の警邏に当たっていた衛兵を連れて戻ってきたのだろう。と言うのもテュールがわざと雑な気配の消し方をしたにも関わらず声をかけるまで気付かないレベルのチンピラだったため、一人で対処できると踏んだのだ。そして三人には代わりに警邏の者を連れてきてほしいと依頼していたのである。

これで一件落着だな、とテュールは一安心する。そして怖がらせないよう少し離れた場所からゆっくりと優しい声色で少女に声をかける。

「もう大丈夫だよ。怪我はない？」

テュールの言葉に壁際で目を閉じ、震えて泣いていた少女はゆっくりと目を開く。当然目を開けばテュールが視界に入る。そして少女はテュールを見た途端、顔色が更に悪くなり――。

「……え、なんで……イ、イヤ!!　犯罪者の人っっ!!」

そう叫ぶ。そのまま少女はフッと身体から力が抜けたようで、糸の切れた操り人形のように身体が沈む。すかさずテュールは両手で抱きかかえるように支え――。

「えぇー……。なんで……？」

予想だにしなかった展開にそう言葉をこぼした。

そして、混乱するテュールの後ろからは足音が近づいてきており、真後ろにピタリとつくと――。

「おい、犯罪者動くな。ゆっくりとその少女から手を離せ。従わない場合は貴様をあの世に案内してやる」

というドスの効いた声を発したのであった。


それから衛兵は笛を吹き、応援を呼んだ。

テュールは衛兵達に従い、大人しく少女を渡し、そしてお縄につく。警邏の者を呼びに行った三人もひとまずテュールの仲間ということで手首を縄で繋がれる。四人はまたしても電車ごっこだ。

更に転がっていたチンピラ三人は衛兵によって台車に乗せられ、テュール達四人の後ろに連結される。つまり電車は総勢五両、内一両は貨物車両という編成でお送りすることになった。

そしてそのまま車掌さんに引きずられるようにテュール達四人とチンピラ三人は詰め所まで連行され、少女は衛兵によって手厚く護送され詰め所横の診療所へ入っていたようだ。

ちなみに連行される時は衛兵も一人二人ではなかったため、街に物々しい雰囲気が走っていた。

(おい、あいつらさっきも衛兵に……)

(脱走か……)(おいおいしかも仲間が増えてるぞ、怖いな……)

今回は流石のヴァナルも苦笑しており、ベリトもやれやれと言った様子で歩いていた。

そして詰め所の中へ入ったら入ったで――。

「…………おい。お前ら？　俺ぁ言ったよな？　お前らの世話をさせんなって？」

ジト目でこめかみに青筋を立ててるウェッジが待ち構えていた。


ウェッジの使う部屋に通されたテュール達は言葉の限りを尽くして説明した。

ウェッジは説明の中の不明点や矛盾点がないかどうか調べるために質問を挟みながらきちんと話を聞いてくれた。

しかし、話し終わるとウェッジの隣で一緒に聞いていた若い衛兵は――。

「ウェッジ兵長こいつらどうしましょうか？　箱に突っ込んどきます？」

と、物騒なことを言い出す。

（いや箱がなんだか分からないけど、牢屋でしょ？）

そしてそんな若い衛兵の言葉にウェッジは少し困ったような顔で答える。

「あー……、いやいい。俺んとこで面倒見るからこいつら四人はここに置いていけ。残りの三人は意識失ってるだけだろ？　箱の中で起こして聴取を頼む」

「……了解です」

テュール達四人の処遇にあまり納得がいっていないのか、少し憮然《ぶぜん》とした態度で若い衛兵は退室していく。

「お前らはその少女が起きるまで座って大人しく待ってろ。茶は出ないからな？」

そう言うと今回の調書をまとめるべく机へと向かうウェッジ。

「ハハ、一日に二回も捕まるなんて外の世界は面白いね〜」

「ヴァナルお前はホント呑気だな。親父にこんな失態がバレたら俺は勘当もんだぜ？」

「ハハハー、まぁ社会経験ってやつだな。俺らくらいの歳のやつは一度はお世話になるもんだ、ナハハハ」

「一度ではありませんけどね。フフ。まぁ、しかし誤解はすぐ解けるでしょう。まったく災難でしたね……」

「そんなお前らの面倒を一日に二回も片付けなきゃいけない俺のがよっぽど災難だけどな」

ビクッ。

調書を書きながら顔を上げずウェッジがそうこぼす。

四人は素直に謝罪の言葉を口にし、大人しくしていることにする。


そうして一時間くらい経っただろうか。コンコンと部屋がノックされ先程の若い衛兵が入室してくる。

「兵長、少女が目を覚ましました」

「そうか、では治療院まで行くとしよう」

ウェッジはテュール達四人もついてくるよう指示をする。四人はそれに頷き、隣にある治療院へと足を向ける。

コンコン。

「衛兵長のウェッジだ。入室してもいいだろうか？」

「はい、どうぞー」

ウェッジは白を基調とした清潔感のある部屋へと入る。窓から入る風でカーテンがはためいており、医務室特有の薬品の匂いが薄まっているようだ。

扉からすぐの事務机には白衣の女性が座っており、それ以外の人の姿は見えない。

そして白衣の女性は事務机にペンを置き、立ち上がって扉のすぐ先で止まって待っているウェッジに近付き現状を説明する。

「んー、とりあえずあの子の今の状態だけど、外傷はなし。極度の緊張感で気を失っちゃったってところね。今は大分落ち着いて会話も問題なし。と、言ってもまだ十五歳の少女だ。あんまり怖い顔で喋るんじゃないよ？」

そう言うと、白衣の女性は道を譲る。ウェッジは女医の言葉に頷き、テュール達にはまだ来るなと手で制す。部屋の奥は白いレールカーテンで仕切られており、女医がそちらにウェッジを連れて歩いて行く。そこにエルフの少女はいるのだろう。そしてウェッジもカーテンの合せ目へと入っていく。

「……失礼するよ。こんにちは、お嬢さん。私はウェッジという者だ。この街で見回りの兵士をやっている。今喋る元気はあるかな？」

「……こんにちは。私はセシリアと申します。はい、大丈夫です。その、助けて頂いてありがとうございました」

そう言ってベッドから上半身を起こし、頭を下げるエルフの少女セシリア。声色は落ち着いており、倒れた直後は元々の白い肌がより蒼白していたが今はほんのり頬に赤みがさしている。

「いや、助けたのは俺じゃない。礼なら助けたヤツに言ってやってくれ。……それで、だ。思い出すのもツライと思うがどういった状況だったか覚えているなら教えてほしい。もちろん、無理にとは言わない」

どうかな？　そう言って、セシリアの反応を待つウェッジ。するとセシリアは……。

「……大丈夫です。話せます。えぇと、まず今日は――」

曰く、一人ではなく、友人と街を歩いていた。しかしその友人と別れてしまい、一人で宿へ戻ろうとしたが、この街にきてまだ日が浅いので迷ってしまった。

迷った先に男が三人おり、声をかけられ怖くなり動けなくなってしまった。そして誰かがその場に現れ男三人を倒した。

そしてその誰かが声をかけてきて助かったと思って目を開けたら――。

「犯罪者の方だったんです。そしてそれを目にした私はもう救いはないんだと思って……、そこからはよく覚えていません……。気付いたらベッドの上で……」

「話してくれてありがとう。ツラかったな。最初に君に声をかけた男たち三人、彼らは捕縛することができた。この街を歩くことはもうできない。安心してほしい。あー……、次にその犯罪者だが、どうして犯罪者だと思ったんだい？」

「ありがとうございます……。えと、私、今日街で見たんです。その方を先頭に兵士さんに連行されている四人を……。前を歩く二人は、その、怒った顔をしてて、後ろの二人はまるで応えていないようにずっと笑ってて……、それが少し不気味で怖い人達なんだなって思ったんです」

そこで一度言葉を区切るセシリア――。

「そしてあの時……、声を掛けられた時、すごく優しい声で安心できる声だったんです。だから助かったって思っちゃって……、でも目の前にいたのは犯罪者の方……。そこでもう頭が混乱しちゃって……」

「あー……、そこまでで大丈夫だ。ありがとう。あー……、なんというかお互い気の毒な事件だったな……。結論から言うと君を助けたヤツは犯罪者ではない。何故分かるかって、その四人を連行した兵士が俺だからだ。で、そいつらは無一文でこの街までたどり着いてバカなことをした四人だが、まぁ悪いヤツらじゃない」

バカなことは割愛するが、まぁ年相応のおふざけだ。と、そこは濁《にご》して伝えるウェッジ。

「え、じゃ、じゃあ本当に助けて下さった、のに……、私、ヒドイことを……！」

ハッと顔を上げ、自分のしでかした勘違いにひどくショックを受けている様子の少女。勘違いで見ず知らずの恩人を犯罪者呼ばわりしたのだ、動揺もするだろう。視線を下ろすと両手の指は血の気が引くほど強くシーツを握りしめている。

そんな少女にウェッジは優しく語りかける。

「あー、俺が言うのもなんだがお嬢さんに非はないよ。状況を聞けばそう勘違いして当然だ。それに誤解だって分かったんなら会って謝った後、礼を言ってやればいいさ。なんなら会うこともできるがどうする？」

お願いします！　少女の言葉は早かった。その言葉にウェッジは一つ頷き、声をかける。

「おーい、テュール。入ってこーい。まずはお前だけだ」

ウェッジの言葉と同時に一つの足音が近づいてくる。そしてカーテンの前まで来ると失礼しますという声とともにテュールが姿を現す。

「ど、どうも。その、俺のせいでごめんなさい！」

そして入ってくるなり、そんな言葉とともに頭を下げて謝るテュール。

「い、いえ！　謝るのは私の方です！　私の方こそすみませんでした！　助けて頂いたのに、あのようなことを叫んでしまって大変失礼しました！　そして助けて頂いて本当にありがとうございます！」

そう言って頭を下げる少女。罪悪感からか、はたまた恩人からの叱責《しっせき》を受けると緊張していたのかその声はやや早口で震えている。

「い、いや！　俺がもう少し気を回せていたら倒れることなんかなかったんだ、本当にごめんなさい！」

少女の言葉につられるように焦った口調でテュールがそう返す。そんな二人を見てウェッジは一つため息をついてから――。

「おい、二人ともそんなに緊張するな。そして謝るのはそこまでだ。ま、お互い不運な出来事だったと笑い飛ばすんだな。さて、じゃあおっさんはカーテンの外に出ているからな、後は若いもん同士仲良くやってくれ」

そして言い終わるか終わらないかのタイミングでウェッジはカーテンの外へと出ていく。


「あー……。まぁウェッジさんもあぁ言ってることだし、その本当に気にしないで」

テュールはセシリアが罪悪感を覚えないようできるだけ軽い感じで言葉をかける。どうやら意図はセシリアにも伝わったみたいで表情が少しやわらかくなった。

「はい、ありがとうございます。あの時――怖くて目を閉じていた時に聞こえてきた声……本当に安心できました。それにやっぱりお優しい方なんですね」

セシリアは目を閉じ、自分の胸の前で手を合わせながらそんなことを言う。なんだかそこまで言われるほどのことはしていないのだからとテュールは若干申し訳なく思う。

テュールがそんなことを考えていると、セシリアが急に目を見開き、慌てた様子で喋り始めた。

「そ、その！　もしよろしければお名前を教えていただけませんか？　私はセシリアと申します！」

「あ、そう言えばまだ名前も名乗ってなかったのか。気付かなくてゴメン。俺の名前はさっき呼ばれた通りテュールだ。よろしくセシリアさん」

そう挨拶をすると、セシリアはテュールの名前を何度か小さく呟き、笑顔になる。そして――。

「その……テュール様と呼んでもよいでしょうか……?」

そんなことを言ってきた。

「あー、いや、様付けってのはちょっと……」

テュールは頬を軽く掻きながら苦笑してそう答える。

「では、テュールさん――はどうでしょう? 私のことはセシリアと呼んで下さい」

「まぁ、本当はさんもいらないくらいだけど、セシリアさんがそれでいいなら。で、いや、こっちがいきなり呼び捨てってのは――」

テュールが語尾を濁しながらセシリアを見ると、セシリアは潤んだ上目遣いで見つめてくる。視線を逸らさずひたすらに……。ひたすらに……。

結局この上目遣いに折れ――。

「了解……。改めてよろしく頼むよセシリア」

「はいっ、テュールさんよろしくお願いしますっ♪」

弾むような声とひまわりのような笑顔で名前を呼んでくるセシリア。

(つぐ……、可愛い。しかし、ここで顔に出すと台無しだからな)

テュールは必死に真顔を保ち、なんでもない風を装う。そして、そんなテュールにセシリアは言葉を続ける。先程の笑顔とは違い、今度は真剣な顔で。

「そして、改めまして今回助けて頂き、本当にありがとうございます。テュールさんがいてくれたお陰で無事にすみました。このご恩一生忘れません。私にできることであればどんな形でもお返ししていきたいと思っています。その……、もしテュールさんさえ良ければ今後もお会いしてお返ししたいです……」

最後の方は少し声が小さくなったように感じる。テュールはどう答えていいか分からず、しばし考えてから口を開く——。

「あぁー、その、まずはありがとう。そこまで言ってもらえて嬉しいよ。まぁけど、セシリアも無事で済んだし、俺も別に被害を被ったわけでもない。だからってわけじゃないけど、恩の貸し借りで考えたくないんだ。だって、今後会う度に恩があるから会っているって考えなきゃいけないんだろ？　肩が凝っちゃうよ」

おどけるように首を回しながらテュールはそう言う。セシリアはそれに対し、一瞬キョトンとし、小さく笑みをこぼす。

「フフ、そうですね。それは楽しくないですね。ごめんなさい、助けてもらった上に、わがままを言ってもいいでしょうか？」

「ふむ、内容による……かな。聞くだけ聞いてみよう」

「はい。テュールさん、私のお友達になっていただけませんか？　そして、また友達としてお会いしていただけませんか？」

「あぁー。それは聞けないな。なぜなら……」

「なぜ……なら……？」

「俺もセシリアと友達になりたくて、友達として会いたいからだ。ま、つまりそれはセシリアのわがままじゃない。というわけで、友達になってくれないか？」

そう言ってテュールは目の前の少女に手を伸ばす。

その手を見つめ、セシリアは——。

「……あれ、おかしいです。な、涙が……、やだっ、恥ずかしいですっ。私ったら大袈裟ですね、ごめんなさい！　その、ありがとうございます。本当に嬉しいです。これからよろしくお願いします」

片手で涙を拭《ぬぐ》い、もう一方の手でテュールの手を握りしめてくる。

そんなタイミングでカーテンの外から声が聞こえてくる。

「ウェッジさーん、俺ら帰っていいっスかー」

「女医さーん、ボク胸焼けするんでお薬が欲しいでーす」

「まぁまぁそう言わないであげて下さい。テュール様は長い間ラブコメのラの字もない生活を送ってきたのですから、ついつい張り切ってしまっているんですよ」

と、アンフィス、ヴァナル、ベリトの声。

当然、テュールの耳に届いているのだから、すぐ目の前にいるセシリアにも聞こえているはず。

テュールが様子を窺《うかが》うようにセシリアを見ると、同じようにセシリアもテュールを見ていた。

視線がぶつかる——。離すタイミングを失った手の平が熱くなり、テュールの喉はカラカラだ
「あ……えと、その……」

テュールが焦って何か喋ろうとするが、見切り発車した言葉は行き先を見失う。

そこでまごまごとしていると、カーテンが勢いよく開かれる。

「おい、お前ら仲良くやってくれとは言ったが、ここは診療所で、俺達もいることを忘れんなよ?」

「わっ!」「ひゃ!」

ウェッジのその言葉をきっかけに慌てて手を離し、お互い仰け反るように離れる。

「……仲の良いこって。あと、あいつらがつまんなそうにしているからそろそろ紹介してやれ。あ、いやこれはこれで楽しんでるのか……」

そこでようやくテュールは今の状況に気付き、三人を紹介しようとセシリアに話しかける。

「あー、セシリア? もしよかったら俺の友人を紹介したいのだが……」

「あ、はい! もちろんテュールさんのご友人を紹介していただけるなんて嬉しいです!」

まだ、少し赤らんだ顔でセシリアがそう答える。

「ありがとう。んじゃ、ベリトー、アンフィスー、ヴァナルー」

カーテンで仕切られているとは言え、同じ部屋の中だ。当然今の今までの会話は全て聞かれていたのだろう。三人からは何の用か尋ねられることはなく、複数の足音が近づいてくるのが聞こえる。

そしてカーテンの手前まで来ると、一言断ってから三人が続々と入ってくる。

「初めましてセシリア様。私はベリトと申します。テュール様の執事をやっております。以後お見

知りおきを」

「俺はアンフィスだ。よろしく」

「はいはーい！　ボクはヴァナル！　テュールのペットかな？　なーんてね。よろしく！」

それぞれが矢継ぎ早に挨拶をして、セシリアが呆気に取られる。が、数瞬して再起動し――。

「ベリト様、アンフィス様、ヴァナル様ですね？　よろしくお願いします」

「「「様はいらない（よー）（です）」」」

そう告げるが、すぐに三人に訂正され、再度フリーズさせられるのであった。

そんな時に入り口の扉がノックされる音がテュールの耳に届く。皆にも聞こえたようで不思議そうな表情で顔を見合わせる。

そして扉の外から知らない声が聞こえてくる。

「兵長、少女を探していると面会希望の希ぼ……ちょちょ、待ってくださ――!!」

バンッ!!　扉を勢いよく開けたのだろう。すごい音が聞こえてくる。これに対して何事だねと女医が訝《いぶか》しげに問いかけているようだ。

「セシリアー様!!　ここにセシリア様はいるのか!?」

「……君はまず誰だね？　何の用があってその人物を探し――」

「エフィル!!」

扉を開けたと女医が問答していると、セシリアが反応し、名前を叫ぶ。

「セシリア様!!　すまない、友人だ。失礼する」

早口で女医に断りの言葉をいれると小走りでエフィルという人物が近づいてくるのが分かる。

そして、そのままカーテンが開き、そこに現れたのは目に目一杯の涙を堪《こら》えているエルフの少女。

「セシリア様……無事ですか？」

「うん、エフィル。私は無事です」

恐る恐る尋ねてくるエフィルに、そうセシリアは返した。

「良かった……。色々言いたいことはありますが、まずは無事でいて下さりありがとうございます。本当に良かった……」

エフィルは遂に堪えきれなくなった涙を零《こぼ》しながら困ったような笑顔でそう言う。

「エフィル……、心配かけてごめんなさい……」

セシリアも目には涙を浮かべている。そして二人はお互いの存在を確かめるように抱きしめ合うと嗚咽《おえつ》を漏らしはじめた。

そんな状況を察してウェッジがカーテンの外から姿を見せ、男ども退散しろと言わんばかりにテュール達四人に親指で退室を促す。

そしてそれに頷き、四人はそっと出ていこうとするが――。

「ま、待って下さい！　エフィル、この方々が私を助けてくれたの」

それに気付いたセシリアに呼び止められる。

エフィルはそんなセシリアの言葉にはっと顔を上げ涙を拭うと、姿勢を正す。そして四人に向き合うと――。

「セシリア様を助けていただき本当にありがとうございます。彼女は私の……私達のとても大事な人です。正直なところ、何をお返ししても足りないほどの恩を感じています。私の手の届く範囲であれば何を以ってしても報いるつもりです」

そう言って頭を深々と下げてくる。

「お互い無事に済んだことですし、感謝の言葉も受け取りました。それで十分です。何よりセシリアには友達になってもらいましたから、それでお釣りがきますよ」

テュールはできるだけ軽いニュアンスでそう伝えて、去ろうとする。

「……お心遣いありがとうございます。ここで食い下がるのも無粋でしょうから、一つだけ。私はいついかなるときもあなた様方の味方です。何か困ったことがあったらお声をかけて下さい」

「……えぇ、覚えておきます。では、俺たちはここらへんで……」

一度退室する構えをとったからには今更戻るのも気まずいので去ろうとする。最後に挨拶をしようと視線を向けると――。

「そ、そのテュールさん！　ま、また会えるでしょうか……!?」

慌てて涙を拭って、少し緊張した表情で言葉を絞り出す少女が目に映った。

そんなセシリアの態度を見てニヤニヤするアンフィス達三人とウェッジ。

「あぁ、俺達は当分この街にいる。きっと会えるさ。友達だろ？」

あまり茶化すなという言葉を籠《こ》めて四人を睨んだ後で、セシリアに笑顔で答える。

「友達……そうですね……。そうですよね！　またお会いできる日を楽しみにしてます！　きっとですよ？」

「あぁ、きっとだ。俺達もその日を楽しみにしてるよ。——またな」

「またな」「またね～」「それではまた」

三人も挨拶し、四人とウェッジは部屋を出ようと歩き始める。セシリアからの視線に後ろ髪を引かれるようだったが、なんとかテュールは扉を抜け、後ろ手にそっと扉を閉める。

パタンと扉が閉まったのを確認するとウェッジが声をかけてくる。

「うっし、色男、お前らはもう帰っていいぞー。面倒起こすなよー。と言っても今回はお前らが助けに入ってくれて本当に良かった。感謝する」

そう言って頭を下げるウェッジ。

「いえいえ、俺達もウェッジさんには何かとお世話になってるんでこのくらい大したことないっす」

「だな」「だね」「そうですね」

「ッフ。さて、今度こそちゃんとギルドに行けよ？」

そう。テュール達一行のリバティでの長い一日目はまだ終わっていなかったのだ……。

「ねぇ、テュール。セシリアって子可愛かったねー」

「そうだな」

「なぁ、テュール。島では若い女なんていなかったから新鮮だったな。ドキドキしたろ？」

「そうだな」

「テュール様、テュール様、セシリア様ですが……」

「あーーーうるさいっ!!　お前らセシリアセシリアうっせーぞ!!　ガキじゃあるまいし、いちいちからかうんじゃねぇよ！」

（あらやだ、アンフィスさんうちのテュールったら反抗期ですかね～）

（あらやだ、ヴァナルさんとこのテュールさん思春期の男の子ですもん。仕方ないですよ。うちにもテュールってのがいるんですけどこれまた反抗期で）ヒソヒソ、ヒソヒソ。

わざと聞こえるようにからかう二人に対してテュールは呆れながら流すことを決める。

「はぁ、もういい。ベリト、ギルドはまだ着かないのか？」

「フフ、良いタイミングです。今まさに見えてきました。あちらの建物でしょう」

ベリトの指差した先には看板に冒険者ギルドと書かれた立派な石造りの建物が建っていた。

まだヒソヒソと楽しそうにふざけている二人を殴って黙らせた後は無言でギルドを目指して歩く。

そして、冒険者ギルドの建物に着いたテュールは、扉を開けて中へと入る。

「ほぉー」

中は予想していたものよりは小奇麗で、木製のカウンターと待合所からなっており、待合所の丸テーブルの上にはちょっとした料理と酒が見てとられ、椅子に座っている者達は獣人や竜人、人族、エルフ、魔族様々な種族がいるがどれも屈強《くっきょう》そうな男ばかりだ。実に暑苦しい。

そんな暑苦しい連中が一斉に入ってきた四人を見る。そして視線を送った男たちの中からいかにも筋肉自慢という人族の髭モジャ男が――。

「おっと、迷子かな？　俺が依頼を受けてやろう。どれ、ママのおっぱいはどこかな？　一緒に探しにいこうじゃないか」

そんなことを言ってくる。

それを聞いた他の男達も色めき立ち、テーブルをバンバン叩く者や口笛を吹く者、総じてバカにした笑いが溢れる。

「あ、そういうの間に合ってるんでいいです。お姉さんウェッジさんに聞いて仮登録してもらえって聞いたんですけどお願いできます？」

テュールは野次ってきた男どもには見向きもせず言葉を流して受付へと進む。アンフィス達三人も柳に風と言ったようにからかわれていることを気にすることなく飄々《ひょうひょう》と後をついてきている。

そんな四人の態度に先程の言葉を発した男、以下筋肉モジャ公と呼ぶことにしよう。が――。

「……あん？　てめぇ、今自分がとんでもなくバカな態度をとったって分かってんのか？　三秒以内に土下座して、ここから出ていけば見逃してやる」

睨みを効かせて、喧嘩を吹っかけてくる。

「はぁ……実にめんどくさいな。――よし、ではこうしましょう。あなたと俺で腕相撲しましょう。で、俺が勝ったらあんたは黙る。あんたが勝ったら言われた通り、謝って出ていきましょう。どうです？　こんなガキとの腕相撲にビビって逃げますか？」

仕方なくテュールは、筋肉モジャ公に向き直り、挑発的な言葉を投げる。

「て……てめぇ――!! 上等だ!! 勝負が終わった後良い医者を紹介してやるぞ感謝しろ!! てめぇの粉々になった腕を治してもらえるようになっ!!」

酒のせいもあるのか顔を真っ赤にして唾を飛ばしながら筋肉モジャ公は喚《わめ》き散《ち》らす。

「ふぅ……。やれやれ……。――あまり強い言葉を使うなよ。弱く見えるぞ」

対してテュールはかぶりを振った後、ドヤ顔でメガネをクイッとする。メガネはしていないからエアークイッだが。

そしてその言葉に筋肉モジャ公はまたしても怒り、震えているが口では分が悪いと思ったのだろう。テーブルへ肘を着いて無言で早く来いとプレッシャーをかける。

テュールはそんな挑発には乗らずのんびりと焦らすようにテーブルへと近づき……、筋肉モジャ公と手を合わせる。その瞬間を周りも固唾《かたず》を飲みながら見守り、一瞬の静寂が訪れる――。

筋肉モジャ公は近くにいた獣人の男に合図を寄越せと目で催促し、それに従い獣人の男が両者の手の上から掛け声をかける。

「――レディ……ゴッ!!」

「どおぉおりゅうあああ!!」

筋肉モジャ公は声を張り上げ、テーブルごと相手の腕を砕くつもりで力を入れる。周りはやっちまえー!! 粉々だー!! 泣いて謝れよ!! などと大人げなく囃《はや》し立《た》ててくる。

――が、テーブルの上の腕は動かない。

テュールの顔は涼しげで、え？　何もう始まってんの？　という風だ。

そして――。

「三秒だ。いい夢は見れたかい？」コンッ。

きっちり三秒動かずに待っていた後テュールは、相手の腕をテーブルにゆっくり、そっと倒す。

まるで相手がわざと負けたかのように錯覚するほどだ。

「え…………」

負けた相手も何が起こったか理解できていない。

そして、周りで騒いでいた連中もあまりの衝撃的な結末に口をバカみたいにぽかんと開け言葉を失っていた。

「そうそう。黙ってもらうっていう約束だからな。それでいい。さて、受付のお姉さん途中ですみませんでした。それで仮登録お願いできますか？」

「……あ、はい！」

一部始終を見届けていたギルドの受付のお姉さんが慌てた様子で対応を始める。

「えぇ、と。ギルドは初めてですよね。えぇと、確かウェッジさんの紹介で、仮登録を……でしたっけ？」

そうですそうです。はい、これ仮入場パス。そう言って四人は仮入場パスを渡す。

「はい。確認しました。ギルドは仮登録と言っても本登録と変わりはありません。仮登録後に正規入場パスを取得していただければこちらでもそのまま本登録に移行しますので。ちなみに本登録料は一人二万ゴルドです。仮登録は無料ですが一度しか行えず、一ヶ月で期限が切れます」

テュールはその説明になるほどと相槌を打つ。

「えぇと、それで冒険者のランクはF、E、D、C、B、A、AA、AAA、S、SS、SSSの十一段階があります。最初はFからスタートになりまして、Bランクまでは昇格試験を突破すれば上がっていきます。Aランク以降は達成された依頼や成功率、成功するまでの期間、評判、人格など色々な面でギルドが査定し、昇格の打診をします。是非上を目指してがんばって下さい。あ、ちなみにSSSランクだけは……、いえ、今話すことではありませんね」

ランク上げねぇ……。あまり興味がない風にテュールが呟く。

「では、こちらの登録用紙に記入を。五分程でギルドカードが作成されます」

そこには年齢と名前を書く欄のみであった。四人はすぐに書いて受付嬢に渡す。

「はい、ありがとうございます。少々お待ち下さい」

そう言うと受付嬢は用紙を持ってカウンターから去っていく。五分程待っていると、四枚のカードを持って戻ってくる。

「これがギルドカードです。まず最初に魔力を流して下さい。初めて魔力を流した方の魔力にのみ反応してカードに紋様が浮かぶようになります。これで他者が使用することが不可能になりますので身分証明書にもなります。また報酬のお金をギルドカードで出し入れすることができますので銀行としての機能も果たしています」

便利でしょ？　受付嬢がドヤ顔だ。四人は笑顔で拍手を贈る。受付嬢は満更でもない様子だ。

「さて、あなた方はFランクですので、Fランクの依頼の中からしか選べません。ただしギルドが適正があると判断した場合はその限りではありません。まぁしかし、最初はFランクのみと思っておいた方が良いでしょう。Fランクの依頼はあちらのボードに貼り出してあります。ボードから選んだら依頼の用紙を剥《は》がし、受付に持ってきて下さい。たーだーし！」

説明の途中で早速ボードを見にいこうとしたテュールに待ったがかかる。

「あまり安易に選ばれすぎても困るので同時進行の依頼は一人あたり三つまでです。そして依頼失敗は成功報酬の三十パーセントが罰金となっていますので、あまり無茶な依頼は避けた方がいいでしょう。ここまでで質問はありますか？」

大丈夫です。と答えるテュール。

「はい。Fランクは討伐などはないので命に関わるような依頼はありませんが、上のランクになれば危険が及ぶものもあります。命を大事にガンガンがんばってくださいね」

はーい。と言ってギルドボードを見に行こうとするテュール達四人。少なくとも今日の宿代くらいは稼がなくてはならない。

そして四人が足を一歩踏み出そうという瞬間——。

バンッ!!

何やら既視感があるが、どうやらこの建物にも物凄い勢いでドアを開けて入ってくる人物がいるらしい。そしてテュールが振り返ると——。

「ここがギルドかー!!　リリスの名はリリスなのだー!!　冒険者の登録をお願いするのだー!!」

大声で名乗りを上げる少女がギルドへ入ってくるのが見えた。

その少女はゴシックロリータと呼ばれるドレスを着ていた。赤と黒を基調としたヒラヒラでゴテゴテなやつだ。それと対比するように透き通る白い肌。アンティークドールのようなクリッと丸く赤い瞳に、均整の取れた美しい目鼻立ち、桜色の薄い唇。そして金色に輝く長い髪はまるで魔力を発しているかのように周りの視線を惹きつける。

但し……。

――小っちゃかった。

「え、えとお嬢さん？　ギルドの登録は十五歳からなの……。もうちょっと大きくなったら登録してくれるかな？　お姉さんそれまで楽しみに待ってるから、ね？」

ちょっと引きつった笑みで先程までテュール達の受付をしてくれてたお姉さんが美少女というか美幼女と言った方が良いリリスに返答をする。

「ナハハハ、心配いらないのだ。リリスは十五歳なのだ！」

「「えええええーー!?」」

受付嬢の側で聞いていたテュールも一緒になって驚く。

（いやだって、どうがんばっても六年せ……。いや言わないでおこう。ここは異世界なんだ。日本での常識は捨てよう。うむ。こんなロリっ子美人な十五歳がいたっていいじゃない、異世界だもの。テュルを）

しかし、ノリで一緒に驚いてしまったテュールだが、これと言ってこの子に用はない。用があるのは依頼。お金だ。宿代を稼ぐための一歩を踏み出す。

「ん？……そこのお兄さん」

しかし、歩き出そうとするテュールにリリスから待ったがかかる。

テュールはわざとらしく左右を向く。声かけられたの誰だよ～お前か～？　お前か～？　とキョロキョロするが、リリスの視線はテュールから外れない。

助けを求めようとアンフィスら三人に視線をやるが、三人は既にFランク用のボードの前に避難しており、この依頼にしようかな～、これなんかどうだ？　私はこれですかねぇ……、などと他人を装っている。

（お、お前ら…………）

「おーい？　聞こえてるのだ？」

「あ、はい……」

結局諦めてリリスの対応をするテュールであった。

リリスに呼び止められたテュールは仕方なくギルドの隅っこでリリスの対応をする。

「あの……なんでしょうか……？」

「リリスはリリスなのだ。お兄さんの名は何と言うのだ？」

「え、テュールですけど……」

「ふむ、ではテューくんと呼ぶことにしよう！　そしてテューくん！　私の眷属《けんぞく》になってくれないか！」

薄い胸を張って仁王立ちしている美幼女、リリスがそんなことをのたまう。

「え？　イヤですけど？」

「え？　イヤなのか……？」

リリスの顔が先程までの自信満々な顔から一転し、この世の終わりのような表情となる。

「え？　普通にイヤでしょ。会って三秒で眷属とか意味が分からない。まさか了承すると思ったのか？」

本気で眷属になってもらえると思っていそうなリリスにテュールは疑問が湧く。眷属とは契約魔法を使用して他者を自分の配下にするということだ。とてもじゃないが会って三秒の相手と結ぶ関係ではない。

ちなみにベリトやヴァナルは強制的な配下ではなくあくまで自由意志での力の貸し借りなため眷属とは少し違う。

そんなことをテュールが考えている間もぐぬぬ、と呻《うめ》き、言葉に詰まって返答ができないでいるリリス。断られるという予想を本当にしていなかったみたいだ。逆にすごい。

「……用はそれだけか？　じゃあもう行くが――」

「ま、待ってほしいのだ！　ぬ、勝負！　勝負してリリスが勝ったら眷属になってくれ！」

「だが断る。眷属ってのはそんな初対面の相手を無理やりにするもんじゃないだろ。あんまりバカげたコト言っているとトラブルを招くぞ。不用意な発言は今後避けた方がいい」

あまりに自分の都合を押し付けてばかりの少女に、ムッとしたテュールはやや強めの口調で言葉を返す。

少し強めに言われたリリスはビクッと身体を震わせ、ぷるぷると下を向き――。

「えぅ、うぅ……、分かってるもん……。リリスだって……うぅ、分かってるもん……!!」

泣き始めてしまったのであった。

「えぇぇぇ……」

少し引いた顔で困惑するテュール。

(あーらーらーこーらーらー。泣かせーたー。泣かせーたー。せんせーに言ってやろー)

ボードの前で依頼を探しているふりをしながらチラチラとこちらを見ていたヴァナルがテュールとリリスには聞こえない小さな声で囃《はや》し立《た》てる。

テュールは唇を読み、ヴァナルに対し最大限の怒気を込めて睨む。

(ひぇ～～～)

わざとらしく顔を背け逃げるヴァナル。

(まったく……)

「あー、そのリリス……ちゃん?」

「うぅ……、うぅ、リ、リリスでいい」

「あー、リリス? その、俺も強く言い過ぎた。ゴメンな? ほら泣き止んで」

「う……、うぐぅ、ごめんなさい……急に泣いてごめんなさい。うぅ、うぅ……」

年齢は同じとは言え、相手の見た目は幼女だ。誰がどう見てもイジメの現場にしか見えない。テユールは必死に宥《なだ》めすかし続け、なんとか五分程で泣き止んでもらうことができた。周りの視線が痛い。テュールはとりあえず全方位を睨んでおいた。

「それで、どうして眷属が欲しいなんて言い出したんだ？」

「……一人でこの街に来たから、すごく不安で……寂しくて……」

「それじゃ、なんで俺だったんだ？」

「リリスは、その人の心の色や強さがぼんやり見えるのだ……。それでテューくんが目に入ったら、優しくて強くて、暖かい色だったから……」

そう言った後目元の涙を拭って笑顔になるリリス。そして——。

「ごめんなさいなのだ！　冷静に考えてみたらいきなり眷属なんておかしな話なのだ！　ナハハハ……ハハ……」

誰から見ても無理して笑うリリスの笑顔は痛々しく、本人も気付いたのであろう次第に笑顔が翳《かげ》っていく。

「あー、リリス。……すまないな、やっぱり眷属になることはできない」

その言葉に身体をビクッと震わせるリリス。表情もこわばっている。

でも——。テュールは言葉をそう続ける。

「でも、友達にならなれる。一人は寂しいもんな。一緒にご飯食べたり、遊びに行ったり、依頼を受けたり、困った時は助けあったり、どうだろうか？　俺と友達になってくれないか？」

そう言ってニコリと笑い手を差し出すテュール。

リリスはキョトンとした顔になるが、徐々に笑顔になり――。

「あ、ありがとう！　なる！　テューくんと友達になるのだ！　初めての友達なのだ!!　やったのだ!!」

テュールの手を握りながら大袈裟に喜ぶリリス。その笑顔はとても可愛らしいものであった。

「さて、そこのニヤニヤ三人衆出てこい」

「うーい」「はーい」「お呼びになりましたか？」

「あー、リリス。ボードの前でニヤニヤしながら行く末を見守っていた三人をこちらに呼び寄せる。

ヤツらだからリリスもきっと仲良くなれると思う」

「あぅ、リリス……です。その、よろしくお願いします……」

急に囲まれて怖くなったのかリリスはテュールの後ろに回り込み、テュールの腰のあたりから顔を覗かせて挨拶をする。

「随分懐かれたね～テュール。ボクはヴァナル。よろしくね？」

「俺はアンフィスだ。よろしくな」

「私はベリトと申します。よろしくお願いいたします」

コクリ。テュールの腰にしがみついたまま頭を下げるリリス。

（なんだろう、こう庇護欲《ひごよく》がふつふつと沸いてくる。あれ俺チョロい……？）

フルフルフル、テュールは頭を左右に振って今しがた生まれたロリポップハートを追い出す。

「うし、さてリリス。ほら一緒に依頼をするには冒険者にならなきゃダメだろ？　行ってきな」

そう言って受付へと促すテュール。しかしリリスは、うるうると上目遣いで一人で行かなきゃダメ？　と無言の圧力をかけてくる。

「いや、別にいいけど……」

そして、その言葉を聞いたリリスは目を輝かせ手を差し出してくる。

（え？　ここで手を繋いで受付まで行くの？　それはちょっと、その恥ずかしくないか……？）

しかし、断ったらどうなるかは想像がつく。見守ってた三人は、コクリと頷き『覚悟を決めろ』そう言外に言ってくる。

まぁ、妹みたいなもんだしいっか。テュールはそう自分を納得させ、リリスの手を取り、一緒に受付へと歩いていく。

「リリスなのだ！　登録をお願いするのだ！」

「フフ、はい、畏まりました。じゃあこっちの受付用紙に名前と年齢を書いてね？」

受付のお姉さんはニコニコしながらリリスの受付を行い、ニヤニヤしながら繋いだままの手とテュールの顔を見てくる。とりあえずテュールは精一杯の抵抗として睨んでおいた。

こうして受付嬢と目線で静かな戦いを繰り広げている内にリリスの冒険者登録が終わる。

「んじゃ、リリスどうするー？　俺達は依頼を受けてくるけど」

「んー、リリスは今日は戻るのだ！」

そう言って、リリスは泊まっている宿を教え、これからギルドに来る時間帯を伝え、また会おうと約束をする。

ギルドから出て行く足取りはものすごく軽そうだったが、浮かれすぎて心配になるテュールであ
――。

「キャッ！」「うわっ、ごめんなさいなのだ！」

――たが、予想通り、誰かにぶつかってしまったようだ。

（まったく……）

そう内心で思いながらも、つい顔はゆるんでしまっているテュールであった。

「さて、ようやく俺達も依頼を受けれるな」

「あ、ボクもう受けたよ～」

「俺も受けたぜ？」

「私も既に受注済ですね」

「え？」

三人はテュールとリリスがわちゃわちゃしている間にちゃっかり依頼を選んで受注を済ましていたみたいだ。

（い、いつの間に……）

「んじゃ、俺も選んでくる。待っててくれ」

そうしてFランクのボードの前に行って依頼を見てみると――。

「おい。一枚しかねぇじゃねぇか」

本日残っている依頼は一枚。

孤児院の院長が隣町に行くため本日から泊まりこみで二日間孤児院で子供たちの世話をする、だ。

「まぁ、これしかないなら選ぶ余地はないいな。まかないい＋宿泊費を考えればそれだけでも十分だしな。というわけで俺は今日宿には泊まらないでこの依頼受けてくるわー」

三人に対し、テュールはそう言い受付で受注を済ましてくる。

次に合流する時間を三人と話し合い、それぞれが自分の依頼に取り掛かるためギルドの外へと出て行く。


テュール達はギルドの外に出て一旦バラバラに別れる。

皆を見送ってテュールも孤児院へと向かう。

ギルドで貰った案内図を頼りに二十分程歩いたろうか、目的地の孤児院らしき建物が見えてくる。建物が見えてくるのと同時に孤児院を挟んで反対側の道から、黒髪の少女が歩いてくるのが見える。肩にかかる髪の毛が遠目からでも分かる程、艶やかでテュールはつい、綺麗な髪だな、と見惚れてしまった。ハッと正気に戻り、視線を切り、視界の端に留める程度にして歩みを続ける。徐々に近付き、丁度孤児院の前ですれ違う——と思いきや、同じ方向へと曲がる。

向こうもこちらに気付いたようで、同じ行き先——孤児院の関係者と分かったのだろう。ペコリと頭を下げてくる。テュールも慌てて目礼を返す。

こうして扉の前で一緒になった二人はお互い気を遣い先を譲りあう。テュールは女性に先を譲ろうとし、女性もいえいえどうぞどうぞと譲る。

そして三回程扉の前で譲り合ったところで扉が内側から開く。

「何をなさっているんですか……？」

扉の中から修道着を着た初老の女性が出てきて、目の前の二人にそう問いかける。

不意に言葉を掛けられた二人は焦ったように――。

「あ、いや俺はそのギルドから――！」「私は依頼を受けて――！」

「今日から二日間院長の代わりにこちらのお世話を――!!」

「「え……？」」

お互いを見合わせる二人。

「あらあら、どういうことかしら？　まぁ、とりあえず中に入って話を聞きましょうか」

そう言って二人を中に招く院長と思わしき女性。

孤児院の中は家具が少ないのもあるが、掃除が行き届いているのが分かり、こざっぱりとした印象を受ける。孤児院と言うのだから今までたくさんの子供が過ごしてきたのであろう。壁や柱の至るところに傷や落書き、あるいは罅《ひび》などが見られる。

「あんまり綺麗な所じゃなくてごめんなさいね？　どうぞ、座って？」

年季のはいった木製のテーブルに院長がお茶を用意し、二人に椅子に座るよう勧める。

「えぇと、確かギルドへお願いした依頼では一名のはずだったんだけれども、どうゆうことかしらねぇ……」

少し困った顔で初老の女性が二人に尋ねる。

「俺は今日依頼を受けて来ました。内容は今日からの二日間の院長代行での子供たちの世話、と」

「私は昨日依頼を受けて、翌日つまり今日から二日間の――と」

「う～ん、ギルドの手違いかしら……。昨日は依頼を受けてくれる人がいないという話だったから今日も依頼してきたんだけど……。その、申し訳ないのだけれど報酬金額を見てわかるようにウチはあまり出せるお金が多くなくて……二人分の報酬は……」

言いにくそうに女性が答える。報酬金額は二日拘束されるにも関わらず五千ゴルド。つまり五千円相当だ。

「あぁー、その、君の方がどうやら早く受注してたみたいだし、俺の方は今回辞退するよ」

テュールが事情を汲んでそう提案する。しかし――。

「いいえ、恐らく私の方の手違いできちんと依頼を受注できていなかったので、依頼は貴方が受けて下さい。ただ私も一度受けた依頼なので報酬はいりませんから、もしよろしければお手伝いさせてくれませんか？　もちろん自分の分の食費は払います」

無償どころかお金を出してまで手伝うと言ってくる少女。

「いやいや、同じ時間働いて俺だけお金を貰って、君だけお金を払う？　そんなことを了承したらウチの家族総出で殴りにこられかねないんで了承することはできない」

というわけで――テュールは二人に対し、言葉を続ける。

「報酬は五千ゴルドから千ゴルド食費を引いて四千ゴルド。これを二人で割って一人二千ゴルドってことでどうだろうか？　契約とは違うんですけどダメでしょうか……？」

少女にそう提案し、答えを聞かずして正面の女性へと許可を貰おうとするテュール。

「いや、私の方はあなた方がそれでいいならとても助かるけど……」

「じゃあ決定――ってことでいいかな？」

了承を得たテュールは、やや強引な言葉で隣の少女に形だけの確認を取る。

「フフ、これ以上はわがままが過ぎますね。ありがとうございます。それでお願いします」

そう言って頭を下げる黒髪の少女。

「そう言えば、自己紹介もまだでしたね。私はこの孤児院の院長をしてますタリサです。改めて依頼を受けて頂きありがとうございます。二日間お願いします」

そう言って頭を深く下げるタリサ。

「俺はテュールと言います。よろしくお願いします」

「私はカグヤと言います。改めてよろしくお願いします」

こうして、タリサは孤児院の中を案内し、子供達に二人を紹介したり、二日間でやるべき家事や雑事を教える。テュールとカグヤもこの間に少しずつ打ち解け、お互いの呼び方には一悶着《ひともんちゃく》あったもののテュールくんとカグヤに落ち着くこととなった。そして――。

「はい、じゃあ皆さん、テュールお兄さんとカグヤお姉さんの言うことをよく聞いて良い子にするんですよ？　分かりましたね？」

「はーい！」

孤児院の子供たちが元気に返事をする。

では、お願いします。そう言い残しタリサは馬車へと乗り込み、出発する。

「――さて、じゃあまずは夕飯の準備しなくちゃねっ」

タリサを見送った後カグヤはそう言って家の中に戻り、支度を始める。

ちなみにテュールの炊事能力は割りと高い。名前を書けば受かるような大学時代からブラック社畜時代まで一人暮らしかつ外食や買い食いできるほど裕福ではなかったため、節約自炊料理マイスターだ。更に、転生後も料理番をすることは多かった。なぜならイルデパン島で料理を担当するのがモヨモトとテュールとベリトだけだったためだ。

補足するがルチアは料理ができないわけじゃないが色々と雑だった。魔法はあんなに繊細なのに不思議だ。

とりあえず手持ち無沙汰なテュールは台所を覗いてみる。この孤児院には五人程子供がおり、男子が三人、女子が二人だ。

そして台所にはカグヤを二人の女の子が手伝っている。名前はキャロとピナ。年齢はそれぞれ七歳と四歳だ。

そんな三人は山の字に並び楽しそうに野菜を洗ったり切ったりしている。

「あー、カグヤ。男手は必要だろうか？」

「んーん、こっちは大丈夫。テュールくんは男の子達をよろしくー」

あまりしつこく食い下がって持ち場を奪うのも悪いと考えたテュールは、その場を離れる。

「じゃ、俺は向こうに行ってるな。何か手伝って欲しいことがあったらすぐに言ってくれ」

「うん、ありがとう」

こうしてテュールは台所を後にし子供部屋に足を踏み入れ、男子三人に宣言する。

「うーし、ガキ共お前らを鍛えてやろう」

ナチュラルに空いた時間は修行に当てるという考え方が染み付いていたテュールであった。

そして声をかけられた男子三名はそれぞれ九歳、八歳、七歳とヤンチャ盛りの子供たちだ。年齢の上から順に、ジェフ、エリック、ジミーだ。

「鍛えるー？　えー、つまんないよー」

「俺家の中でお絵かきしてたいー」

「ボクは勉強して偉い学者さんになるから遊んでる時間なんて……」

三人の反応は非常に悪い。

（な、なぜだ……!?　男の子はみんな修行が大好きなはずだ……！　あれか？　俺という師匠の凄みが足りないのか……!?）

「よ、よし、とりあえず、外出てみよ？　な？　つまんなかったら家の中で遊ぶからさ？　うんうん」

下手に出てなんとか男子三人を口説き、外へ連れ出すテュール。向かう先は五分程歩いた先にある広々とした運動場だ。ちなみに場所は三人から聞き出した。

「んで、何すんのー？」

年長のジェフが尋ねてくる。

「まぁまぁ慌てるな。まずは兄ちゃんの凄さを教えてやろう。どんなことでもやってやる。どうだ？　お前らは何ができるやつが凄いと思う？　ん？　ん？」

それにしてもこのテュール子供相手にノリノリである。

「んじゃー、逆立ちできる？」

ジェフがそう聞くと――。

「フハハハ、楽勝すぎるな。見てろ」

そう言ってテュールは両手で逆立ちし、そこから片手を外す。更に手の平でなく五本の指で支え、指を一本ずつ外し最終的に人差し指一本で逆立ちをする。そして人差し指一本から反動を使い浮き上がり、空中で二回転し着地を決める。

「どーだ！」

「「「おーーーー」」」パチパチパチ。

子供たちの目が輝いていた。

「兄ちゃんすげぇな！　じゃあ俺とあそこまでかけっこ勝負な！　兄ちゃんはあそこからっ！」

エリックが指差したゴールはここから五十メートル程先の木。そしてテュールのスタート位置に指定したのは五十メートル程後方の木。

「いやいや、お前そんなんじゃ勝負にもならん。お前はこっからだ」

そう言ってゴールに指定した木の五メートル程前にエリックを連れていくテュール。

「え？　兄ちゃんは？」

「もちろん、あそこの木からだ」

そう言ってここからだと百メートル程後ろにある木を指差し、テュールが答える。

「こんなん勝負にならないよー！」

「「そうだーそうだー!!」」

ジェフ、エリック、ジミーは普通に考えれば結果の見えている勝負に不満を漏らす。

しかしテュールは、やってみれば分かる、と、そう言う。それを聞いた三人は訝しげな目で見つつも了解し、ジミーはズルしないように見てるからねと、一緒に百メートル後方の木までついてくる。

そしてゴールの木の側にジェフを立たせ、スタートの合図をするよう頼む。ジェフが腕を上げた状態から腕を下げたらスタートだ。

テュールとジミーが後方の木へと到着し、ジミーがジェフに合図を送る。それを見たジェフは腕を上げ、よーい――。

「ドンッ！」

ジェフの右手が下がった。

スタートの合図だ。エリックはゴールの木を見て、この距離で負けるはずないのにバカみたいだと思いながらそれでも一応走ろうと足に力を込める。一瞬目を瞑り、暗闇の中追い風を感じる。身体がふわっと浮いた気がした。ちょうどいい、このまま風に押されて走ってしまおう、そう思い目を開けると――。

「よう？　俺の勝ちだな。ナハハハ」

ゴールの木に片肘をついてもたれかかり、反対の手を上げて笑うテュールの姿があった

こうして容赦なく一桁男子無双を楽しむテュール。

そこからはあっという間だった。どの世界でもこの位の年齢の男子にすれば逆立ちができて、足が速いヤツはヒーローなのだ。先程までの悪態が嘘だったかのように素直にテュールの言葉を聞くようになる男子三人。

そして調子に乗りペラペラ語りだすテュール。

「いいか？　男はな、強くなくちゃいけないんだ。自分の守りたいものを守るためにな。これは俺の親からの教えだ。そして俺はお前らを一日で強くすることはできないが、きっかけを作ってやることはできる」

そう言って、テュールは基礎中の基礎の体術を一時間程教える。三人は文句一つ言わず懸命に腕や足を振るい続ける。それまで武術など教えてくれる人はいなかったのだろう。初めての修行で汗だくになり、ヘロヘロになる三人。しかし、テュールが最初話しかけた時の無味乾燥な目ではなくなっており、確かな輝きを持った目をしていた。

「よし、お前らここまでだ。よくがんばったな！　泣き言一つ言わずついてきたお前らは男だ！　男になったんだ！　これからも今日の指導を思い出して鍛え続ければ大切なものを守れず後悔することはないだろう！」

兄ちゃん……、お兄さん……、感極まるジェフ、エリック、ジミーら三人と生まれた絆を確かめるように抱き合うテュール。

「さぁ、運動の後はメシだ！　カグヤが美味しいご飯を作って待ってるぞ！」

「わー！　俺もうお腹ぺっこぺこだぜ！」「俺も！」「ボクも！」

ご飯と聞くとさっきまでガクガク震えていた手足が急にピタリと動きを止める。そしてスッと立ち上がると兄ちゃん早く帰ろうぜーと三人がテュールの手を引っ張り、小走りで家路へ急ぐ。

帰り道は一面オレンジ色の夕焼けに照らされ、来た時とまるで違って見える。

（豆腐屋のラッパでも聞こえてきそうな風景だな……）

テュールは少し日本にいた頃を思い出しながらジェフ達と歩く。

孤児院が見えてくると三人が我先にと走り始める。このくらいの年齢だと一歳の差は大きく最年長のジェフが一番に扉へと到着し、中へと入る。

「へへ、いっちばーん！　たっだーいまー！　お腹すいたー！」

大声で叫ぶジェフ。続けてエリック、ジミーが続き、口々にお腹が空いたと騒ぎ立てる。

そしてテュールも三人に遅れて孤児院の中へ入る。すると丁度台所からおかえりなさいと言いながらパタパタと小走りで迎えてくれるカグヤが見えた。

カグヤは笑顔で出迎えてくれたがジェフら三人の姿を見て、ピタッと動きを止める。張り付いた笑顔というのはまさにこのことだろう。

「テュールくん？　今すぐこの三人と水浴びして身体を拭いてきて？」

テュールには、ゴゴゴゴゴ……と背景に文字が浮かんで見えるような気がした。その笑顔から出る言葉はルチアを越える威圧感を持ってタオルとともに投げかけられた。テュールは即座に敬礼をし――。

「ハッ！　畏まりましたであります！　おい、お前ら全員ついてこい！　今がそう、大切な何かを守る時だ！　この家の平和を守りたければ黙ってついてこい！」

そう言うと泥だらけで汗だくの三人は必死な顔でコクコク！　と頷き、テュールについていく。

「うんっ、水浴び終わったらご飯にするからね？　いってらっしゃいっ」

カグヤはそう言うと先程までの威圧感が嘘だったかのように、くるりとターンして鼻歌交じりに台所へと戻っていく。

「……兄ちゃん、お姉ちゃん怖かったね……」

姿が見えなくなったところでジェフがそう言葉を零す。

「あぁ、あれが強者ってやつだ。覚えておけ」

「うん……、お兄さんより強そうだったよ……」

「バカ野郎。比べるまでもない……。俺は一生勝てる気がしないな……」

そんなバカな会話をしながら井戸まで歩き、簡易的な目隠しになっている掘っ立て小屋で服を脱ぎ、水を浴び、身体を綺麗にするテュール達四人であった。


こうして水浴びを済ませ、身体を綺麗にしたテュール達は無事入室の許可をカグヤから貰い、ダイニングにあるテーブルに着く。

そして食卓にはカグヤが作った食事が並べられていく。

テーブルの真ん中には木製のバスケットが置かれパンが十個程。そこから順々にポトフ、サラダ、オムレツが並べられていく。決して豪華なメニューとは言えなかったが彩りも綺麗で何より心のこもった料理であることが見て取れた。

「うっまそー！　これ姉ちゃんが作ったのかー！　すげーな！」

ジェフとエリックは、はしゃぎながら早く食べたいと椅子から足をぶらぶらとさせる。

「あたしたちも手伝ったんだよー！　ねー？」

「うんっ！」

キャロとピナの二人が得意げにそう言う。

「そうね、キャロ、ピナ、ありがとうね？　おかげで美味しくできたよ。さ、みんな食べよ？」

カグヤがそう言うのを待ってましたとばかりに目を輝かせる男子三人。みんなで手を合わせて礼をしてから食べ始める。

ジェフ、エリック、ジミーの三人は動き回ってお腹が空いたのか、ものすごい速度で口からこぼれるのもお構いなしに食べる。

「あー、もうコラっ！　身体に悪いからもう少しゆっくり食べなさいっ！」

「そうだぞー、お前ら、あー、ホラこんなこぼして……」

そう言って子供を窘《たしな》めるカグヤと、こぼした食べ物を片付けるテュール。それに対しジェフとエリックは目をキョトンとさせ――。

「兄ちゃんと姉ちゃん、ふーふみたい！」「ほんとだー！」

そして何が楽しいか、ジェフとエリックは顔を見合わせると合唱し始める。

「「ふーふ！　ふーふ！」」

そう言われるとカグヤとテュールはお互いに視線を向ける。子供たちの冗談だと分かっていてもテュールはこういった免疫がないせいで照れくさくなる。しかし視線の先、カグヤの頬と耳も心なしか赤く染まっているように見えた。

「あー、お兄さんとお姉さん照れてるっ！　好き合ってるんだー！」

それを見たマセガキのジミーが敏感に察知し、からかってくる。これに対しテュールが慌てて——。

「違う、全然違うぞ！　兄ちゃんは姉ちゃんのこと、まったく好きとか思ってないぞ！」

必死に否定する。この言葉はカグヤに迷惑をかけない一心から出た言葉であったが——。

「……そうなんだ？　そりゃ昨日、今日会ったばかりだもんねっ。それで好きとかおかしいとは思うよ？　けど言い方があるんじゃないかなっ？」

カグヤのニコリとした笑顔から発せられた言葉は暖かい団欒《だんらん》の場であったダイニングの温度を氷点下まで一気に冷却させた。

ガタガタガタガタ——、震える男子四人、キャロとピナもちょっと涙目だ。

「冷めちゃわない内に食べないとねっ？　さ、みんなで仲良くご飯食べましょ？」

コクコクコクコク!!　全力で首を縦に振る男子四人。カグヤに頭を撫でられ少し落ち着くキャロとピナ……。

そこからの食事は若干の緊張感が漂っており、素材の味を上手く引き出して作られている優しい味の料理が少しだけ薄味に感じられたとか。

「——後片付けは俺がやるよ。カグヤは休んでてくれ」

食べ終わった後、お茶を飲んで食休みをしている最中にテュールがそう言う。

「ううん、大丈夫。後片付けまでが料理だからねっ。テュールくんこそ休んでて」

そう言うとカグヤは腕まくりをして白くて細い腕に力こぶを作ってみせる。まったくできていないが……。

「いや、俺も遊びにきたわけじゃないんだ。少しくらい家事を手伝わせてくれ」

どの口がそう言うのかテュールは臆面《おくめん》もなくそんなことを言う。

「でも──」「いや──」「だって──」「だがな──」

お互いの言い分は平行線を辿る。それを聞いてたピナが不思議そうに声をかけてくる。

「いっちょにすえばー？」

最年少であるピナにアドバイスを貰ったテュールとカグヤはキョトンとした後、プッと吹き出し──。

「そりゃそうだ。何を意地張ってたんだが……。カグヤ食器洗いを手伝ってくれないか？」

「ホントね……。ピナありがと。そして手伝ってくれは私のセリフだよっ。テュールくんっ」

「いや俺の──」「え、私のだよ──」「いやいや──」

「勝手にやってればいいよ。エリック、ジミー向こうで遊ぼうぜー！」

最年長のジェフがやや呆れながら二人を放っておくことを決めて、子供部屋へと戻ることを提案する。

「あたしもー！」「あたちもー！」

キャロとピナも一緒に遊びたいと言い出し、五人は仲良く子供部屋へと戻っていく。

子供達の声が遠ざかっていくとダイニングは急に静かになる。先程まで言い合っていた二人はやや気恥ずくなり――。

「さて。片付けようか……」

「そうだね……」

苦笑混じりに食器を洗い始める。

シンクの前に二人は並んで立つ。カグヤが食器を洗い、テュールが水で流すという役割だ。孤児院のシンクは狭く、食器をこすると肘や肩がどうしても当たってしまう。

テュールは少しドキマギしながら視界の端でカグヤを盗み見る。どうやらカグヤは少しくらい触れることは気にしてないらしく、何でもないように鼻歌を歌いながら手慣れた様子で食器を洗っている。

テュールは意識しないよう努めるが、かえって意識してしまい、触れ合う部分だけ熱を持ってしまっているかのようだ。やや不自然なテュールに気が付いたのか――どうしたの？　大丈夫？　と聞いてくるカグヤ。

何でもない。気にしないでくれ。気の利いた返しもできず少し突き放した言い方になってしまうテュール。情けない。実に情けない主人公である。

そんな時間が十分程続いたろうか。テュールはゴリゴリと精神を削られ疲弊していた。リオンと頭空っぽで組手してた方がよっぽど楽だと思うほどに……。

洗い終わった食器はテュールが布巾で水気を取り、カグヤが棚にしまっていく。受け渡す時はお互い食器の反対側を持ってたため接触事故は起こらない。ホッと一安心しつつも少し残念な気持ちになるモテない男テュール。

そんなことを考えながらテュールが食器を拭いていると――。

「んーっ！　テュールくんっ！　お願いっ！」

カグヤが皿を棚の一番上の段に置こうとしたが、身長が足りず完全に奥にしまえていない。つま先立ちでプルプルしながら皿の端を指で押そうとするカグヤ……、皿は半分棚に乗っており、カグヤの手に合わせてゆらゆらと揺れている。

テュールは慌てて布巾と食器を置き、カグヤの後ろに回り込む。そして、カグヤに覆い被さる格好で手を伸ばし、皿を奥まで押し込む。皿が無事しまわれたのに安心したのか、カグヤはつま先立ちだった踵《かかと》をストンと落とし、その勢いでぽふっと後ろに倒れ込む。当然すぐ後ろにはテュールがいるので転ぶことはない。後頭部がテュールの胸のあたりに支えられ寄りかかる形となる。そしてそのまま――棚に手を伸ばしたままテュールの体ごと二人は固まる。

テュールは急に世界が音を失ったかと思う程に心臓の音だけが大きく聞こえる。一秒だったか、十秒だったか、はたまた一分だったたか。短いようで長く、長いようで短い時間が流れる。そしてその時間を破ったのは――。

「なにやってゆのー？」

「「「「シーッ！」」」」

ダイニングの扉の陰からこっそり覗き見する子供達の声だった。

「え……あ、そのっ、カグヤすまないっ！」

思い出したかのように周りの景色が色を帯び始める。テュールは混乱から立ち直りきらないまま
カグヤの両肩を掴み、後ろに倒れてしまわないよう気を遣いながら自分は一歩下がる。そして、とりあえず謝る。女性に対してはまず謝っておくというのが前世から女性慣れしていないテュールの悲しい処世術の一つだった。当然倒れる心配がなくなれば肩に触れた手も離すこととなる。

「う……うんっ！　テュールくんありがとねっ？　おかげでお皿もしまえたし、私も、その、平気だったし？」

くるりと振り返り、頭を下げるカグヤ。頬は赤く、口元はむず痒《がゆ》そうに見え、お礼を言った後頭を上げても視線は床の上をゆらりゆらりと泳いでいた。

「どうちたの？　おねえたん顔がまっかっかだよ？　だいじょぶ？」

そんな二人を見守っていた子供達のうちの一人――ピナがカグヤの様子を見てトテトテと近づいてきて純粋無垢な瞳でそんな言葉を口にする。悪意と自覚のない追撃にカグヤも面食らった様子だ。

「だ、大丈夫よ？　ピナありがとねっ。そうだ！　一緒にお話しを読もっか！　ピナ、本はどこかにあるかな？」

駆け寄ってきたピナに向き直り、しゃがんで頭を撫でながらカグヤはそう提案する。誤魔化した、誤魔化しましたね、扉の前で固まってた子供達は口々に批難《ひなん》めいた言葉を発している。

ピナから視線を外し、扉に視線を送るカグヤ。瞳は細められ目尻が少し下がる、反対に口角はやや上がったその表情は素材が最上級であるため非常に美しく可愛らしい微笑みであることは間違い

ない。だがしかしその細められた瞳の奥の奥にある色を子供達は敏感に察することができた。

この世界では危険を察知できないノロマから死んでいく。扉の先からはドタバタとやかましい足音が遠ざかるように聞こえ、そこに四人がいたのが幻だったかのように静寂が戻る。どうやら大魔王から逃げ出すことに成功したみたいだ。

「さ、ピナいこ？」

「うんっ！」

こうして自然に見える笑顔でカグヤはピナの手を繋いで、やや足早にダイニングから立ち去る。

残されたテュールは誰もいない扉の先を見やり、胸のあたりを右の手のひらで押さえ、フッと鼻で笑ったあと、首の付け根を揉みほぐし――。

「なんで女の子ってあんないい香りがするんだろうなぁ……」

小さく呟くのであった。


それから子供達ははしゃぎ疲れたのか五人ともぐっすりと寝てしまう。

「カグヤこっちは終わったよ」

今日一日にこなすべき家事、雑事を全て終えたテュールが子供部屋にいるカグヤに小さく声をかける。

「ありがとう。こっちはみんなぐっすりだよ」

囁《ささや》くような声でそう返事をし、足音を立てないようそろりそろりと部屋を出るカグヤ。扉を閉める際ひどく慎重だったにも関わらず古くなった蝶番《ちょうつがい》からキィと音が漏れてしまう。慌てて中を覗くカグヤ、つられるようにテュールも一緒に覗く。子供達は起きる気配はなく規則正しい寝息が五つそこにあるだけであった。

「「……ふぅ」」

一息ついて今度こそ、と静かに扉を閉め、二人は子供部屋の前から去る。テュールが、お茶を用意し――。

「どうかな？」

と、ダイニングへ誘う。それに対し、笑顔で感謝と了承の言葉を返したカグヤはテュールと共にダイニングへと向かう。両者はテーブルを挟んで座り、一口お茶を飲むと、長く息を吐き、肩の力を抜く。

「お疲れ様。子供達の世話をするっていうのは思ってたより疲れるんだな。カグヤがいてくれて本当に助かったよ。ありがとう」

「ううん、お互い様だよ。テュールくんこそお疲れ様。今日はすごく新鮮で楽しかったけど、やっぱり私も一日終えてみると疲れたかな」

ややぐったり気味なテュールに対して言葉では疲れたと言ってるもののカグヤはまだまだ元気そうに笑っていた。

それから二人は今日あったことをお互いに報告し合う。途中からは何故かうちの男子チームは、こっちの女子チームは、と自慢合戦になってしまい、二人とも身を乗り出し熱弁し、お互いの瞳に自分の姿が見える程に近づいた時にハッと我にかえり元の位置へとゆるゆると戻る。

そこからはお茶を飲む音だけが聞こえ、お茶がなくなってしまうと――。

「あー、もう一杯いれようか？」

「んー……、ううん、大丈夫。ありがとう」

自分だけお茶を足すのなんだか気まずいテュールは浮かしかけた腰をそっと降ろし、背もたれによりかかる。一旦会話がなくなった場面からもう一度エンジンをかけられるほどテュールは器用でも女性に慣れているわけでもなかったため、静かな時間が流れる。

ずっとカグヤに視線を合わせるのも気恥ずかしいため、テュールはどこか空中に視線を彷徨《さまよ》わせ、時々カグヤを盗み見る。視界に入るカグヤは落ち着いているように見え、色々とテンパっているのが自分だけと思うと軽い自己嫌悪に陥りたくなる。

「ねぇ、テュールくん？」

「んー？」

そんなことを考えている時にカグヤから呼びかけられる。テュールは無表情を装い、声も平坦かつ自然に出すよう努力しながら応える。

「ちょっと風にあたらない？」

「あぁ、そうだな。それは名案だ」

（なんだ名案って！　俺はアホか！）

結局テンパっているテュールはどこか的はずれな返事をするが、それに小さく笑ってくれるカグヤ。

「フフ、ありがと」

そして二人は台所横の勝手口から外へ出る。昼は暑いくらいだが夜になると過ごしやすい涼やかな風を感じることができる。風と一緒に運ばれてくるのはホッとするような草の匂いとどこかドキドキするような甘い匂い。

勝手口を開け放したまま並んで立つ二人はどちらともなく空を見上げる。テュールが前世で過ごしていた東京では到底見ることのできない夜空がそこにはあった。異世界だからか空気が澄んでいるからかは知らないが、星々は赤や黄色、白など様々な色で夜空を彩っている。

綺麗だな――。

綺麗だね――。

そう言い合うテュールとカグヤの頭の上には――月、地球で言うところの月にあたるであろう大きな光が二人をぼんやりと照らしていた。

どのくらい経ったろうか。やや風にあたりすぎたのか肌寒さを感じる。そろそろ戻ろうかと言おうか言わまいかテュールが悩んでいると、おねえーたーん！　と開け放してあった勝手口からピナの声が聞こえてくる。どこー？　どこー？　と泣きながら近づいてくる声は台所あたりまで来ているように感じる。どうしたの？　ピナ？　慌てて勝手口から家の中に戻るカグヤ。後を追うテューール。

勝手口を閉めて振り返るとピナは既にカグヤの腕の中にいた。カグヤが理由を聞いたところ怖い夢をみたらしい。しばらく頭を撫で続け落ち着いたところで、一緒にお姉ちゃんと寝よっか、とカグヤが言う。

いいの？　少し申し訳なさそうな顔でピナが聞き返す。もちろんっ、笑顔でカグヤが返すとようやくピナに笑顔が戻る。こうして一人することもなくなってしまったテューールもやや早めに床につくこととする。

客間は簡素な木枠のベッドが四つほどあり、それぞれが四隅に寄せられて配置されている。ベッド自体の幅は狭いが客間の間取りの狭さもあってやや圧迫感を感じる。入り口から見て左奥のベッドにカグヤとピナは一緒に入る。

テューールはタリサに客間はここだけと説明された時にダイニングで寝ると断ったがカグヤとこれまた一悶着し、なぜかテューールが折れる形で客間に一緒に寝ることになった。

（普通は折れる方逆だろ。逆）

そして、カグヤとピナから対角線上にあるベッド――と、言っても狭い部屋のため大した距離は空いていないが――に入るテューール。

部屋の明かりを消し、目が慣れていない暗闇の中でぼんやりと天井を見つめるテューール。カグヤが手を引いて客間に移動している時点で目が半分トロンと落ちてきていたピナはベッドに入るのと同時に夢の世界へ旅立ってしまったみたいだ。可愛らしい小さな寝息が聞こえてくる。カグヤがピナ、おやすみと囁くのが聞こえる。

「テュールくんもおやすみ」

「あぁ、おやすみカグヤ」

………………。

（って、寝れるわけないっちゅーのっ!!　今日の俺はなんだ!?　どうなってるんだ!?　あれか魔法か？　精神干渉系の魔法か!?）

ゴロゴロと転がりたい気持ちを押し殺し、今日一日を思い返して調子が狂いっぱなしのテュールが一人反省会を始める。

（なんだ月を見ながら綺麗だねって。アホか、俺はアホか？　イエス、アホだ。ここは異世界だから万が一にも曲解されることはないと思うが、ダメだ。恥ずかしすぎる！　あと胸ぽすんな。あれヤバイだろ。いやヤバイのは俺か？　俺だな……。俺はチョロインだったのか……？）

今も気付けばカグヤのベッドに意識がいってしまう。視覚が使えない分、聴覚が敏感になってしまい、ちょっとした息の漏れる音やベッドの中で身じろぎをする際の衣擦れの音にドギマギしている。こんな状態で寝れるわけがないため意識を逸らす努力をする。

（モヨモトが一人、モヨモトが二人、モヨモトが三人――）

頭の中にホホホと笑う仙人が増え続ける。百人ワンセットで増やしたら次はリオンだ。

（リオンが一人、リオンが二人、リオンが三人――）

頭の中にガハハハと笑うマッチョが増え続ける。寝れない。次はルチアだ。

（ルチアが一人、ルチアが二人、ルチアが……、あ、リオンがルチアをからかって殴られた。巻き添えでモヨモトがボーリングのピンのごとく……、ププ）


「「「はっくち！」」」

「あれあれー？　三人一緒にくしゃみするなんて珍しいね？」

そう言われると顔を見合わせるルチア、モヨモト、リオンの三人。そして唐突にルチアはリオンを殴る。

「って、いきなりなんだババア!!」

「うるさい！　なんとなくだよ！　他に理由があるさね？　そして今からの一撃は今の暴言に対してだよ」

ルチアはそう言うと先程とは勢いも重さも段違いな一撃をリオンに突き刺す。

理不尽なっ、そう聞こえた気がするが殴り終えた瞬間にルチアは一言——寝る、と言って一瞥すらせず踵《きびす》を返していた。

そんな不条理極まりない場面を見てモヨモトが呟く——。

「女というのはほんに怖い生き物よの……ホホホ……」

「フフ、ホントだね～」

「な、納得がいかん……」

流石に今回はリオンがちょっぴり可哀想だな、と思うモヨモトとツェペシュであった。


そんな理不尽な場面を生み出した原因であるテュールが、イルデパン島の皆を頭の中にあらかた増殖させ尽くすと、次はリバティで出会った人たちを脳内に生み出し始める。

（セシリアが一人……、うん、可愛らしい。リリスも一人……、うん、可愛らしい。カグヤも一人……、ぬ、脳内でアンフィス、ヴァナル、ベリトがニヤニヤしている。生意気な！　お前らなんかこうだっ！）

そしてテュールは空が白み始めるまで脳内で遊び続け、いつの間にやら意識が途切れて眠ることに成功したようだ。


「テュールくんっ？　起きてー、朝だよー？」

空はすっかり明るくなり、小鳥の囀《さえず》りも聞こえる。窓を開けたのか新鮮な風とカグヤの声が一緒になってテュールの頬を撫でる。

「あと五分ー」

目も開けず、布団にくるまったままテュールがそう答える。

「もう八時だよ？　朝ごはん抜きでいいの？」

ガバッ!!

「ヤバイ!!　寝坊した!!　課長に怒られる!!」

布団を跳ねのけ、いきなり上着を脱ぎだすテュール。

「カチョー？　誰かの名前かな？　あと私もいるんだから急に脱ぎ出さないでね？」

カグヤの冷静なツッコミにバンザイした状態で上着を半分ほど脱いでいたテュールがピタッと止まる。

そしてスルスルと両手を下げ、ゆっくりと上着を着直し、目の前にいるカグヤと目を合わせる。

「その……、お、おはようございます」

「うんっ、お寝坊さんおはよう。もう朝ごはんできてるから急いで支度してきてね？」

そう言って部屋から出ていくカグヤ。一人残されたテュールは嘆いている間もないまま急いで支度を終え、ダイニングへ向かう。

「兄ちゃんおそーい!!」

「「「おそーい!!」」」

「おとーい!!」

子供達が口々に抗議する。ひたすらに謝り続けるテュール。

はい、ご飯だよー、カグヤがそう言って一旦その場をおさめ、朝食を出す。出てきた食事はパンとソーセージと目玉焼き、サラダ、昨日の残りのポトフだ。

そして、全員に皿と食事が行き渡ると――。

「兄ちゃん遅れたから罰なー？」「「うんうん」」

男子三人がソーセージを一本ずつ取っていく。そしてそれを見ていたキャロもパンに手を伸ばし奪っていく。

テュールはぐぬぬと呻き苦悶の表情を浮かべるも、これは確かに自分に非があると認め、黙認する。それを見ていたピナが――。

「おにいたん、ぽんぽ痛いのー？　ピナもたべたげるね」

そう言って、最後のソーセージをぐわしと手掴みで取り、自分の皿へ置く。

「あ、あ、ありがとうピナ。ピナは優しい子だな……。お兄ちゃんピナのおかげでポンポン痛くなったぞー？　さ、食べようか」

心の中で滂沱《ぼうだ》の血涙は留まるところを知らず、しかしそれでもテュールは笑顔を作る。そうここで笑わなければ男ではないのだ。

そんな光景を見たカグヤは苦笑しながら食事の始まりの礼をし、皆が続く。そして食事はあっという間に進む。

「ごちそうさまー！」

子供達が口々にそう言うと、食器をシンクに持っていく。そして子供五人は子供部屋に集まりどうやら文字の練習や簡単な計算の練習などをするようだ。

そして子供達がいなくなったのを見計らってテュールがカグヤに話しかける。

「寝坊してすまない。食事の準備ありがとう。今朝も美味しかったよ。昼からの仕事は俺に任せてくれ。というか頼むから俺にやらせてくれ」

頭を下げるテュール。そして鬼気迫る顔で懇願《こんがん》する。

「お粗末様。大丈夫だよ。気にしないでね。ん――……、テュールくんがそういうなら甘えちゃおっかな？　私は子供達の勉強を見てくるよ。でも、その前に、はい」

そう言ってカグヤは自分の前にあったお皿を差し出してくる。

「その、ちゃんと手をつける前に分けたものだから……、余計なお世話だったらその、捨てちゃっていいからねっ」

言い終わるとカグヤはテーブルから離れ少し足早に部屋を後にしようとする。

「え、あ、ありがとう！　すげー嬉しい。遠慮なくいただくよ！」

慌ててカグヤの背中に言葉を投げるテュール。

振り返り少し困ったような顔で、大袈裟なんだから、と返すカグヤの頬は少し赤かった。

カグヤの足音が遠ざかるとテーブルへと向き直り、半分になった目玉焼きとソーセージ、パンを食べ始める。

「うむ。美味い。こんな美味い朝食が今まであっただろうか……。いやない」

アホなことを言いながらニヤニヤと朝食を一人で食べるテュールであった。

「ごちそうさまでした」

カグヤのくれた分の朝食も食べ終え、一人手を合わせ礼をした後、テュールは食器を洗ったり、布団を干したり、掃除や洗濯など家事を一通り行っていく。ちなみに一般的な家庭では一日二食のところが多い。孤児院では朝と夕の二食だ。

そして家事を終え、細かな雑事を終えると子供達が兄ちゃんあそんでー！　とせがんでくる。仕方ねぇなーと言いながらも満更でもなさそうなテュールは子供達とめいっぱい遊んだ。

（ふん、いつだって男は少年なんだよ）

誰に対してでもなく心の中で言い訳をするテュールであった。

そして、遊び終えると子供達はお昼寝タイムだ。テュールとカグヤはダイニングで冷たいお茶を飲みながら一息つく。そんな時に――ノックの音が聞こえてくる。

テュールが腰を浮かすと同時に玄関の方から古くなった蝶番がキィと鳴く。そして扉が開く音が聞こえた後――。

「戻りました」

タリサの声が廊下を伝ってダイニングまで届く。

テュールとカグヤはタリサを出迎えるべく玄関を目指す。

「「おかえりなさい」」

二人して挨拶すると、荷物をテュールが持ち、三人でダイニングへと足を進める。

カグヤがすぐに冷たいお茶を用意し、タリサが一息ついたのを確認し、二人は留守番の報告をする。

　時折、頷きながら一通り聞いたタリサは孤児院の中を見て回る。

　そしてテーブルへと戻ると――。

「二人ともありがとうございました。丁寧に仕事をして頂いたのがよくわかります。これは少ないですが報酬です。受け取って下さい」

　そう言って三千ゴルドずつ二人に渡すタリサ。

「いやタリサさん、俺達の報酬は二千ゴルドずつですよ？」

　テュールがそう言うと、隣のカグヤも頷き、二人は千ゴルドを返却しようとする。

「いえいえ。このような少ない報酬では普通依頼を受けてもらえないことの方が多いんですよ。そんな中、貴方達は依頼を受けてくれたどころか依頼内容を丁寧に遂行して下さいました。追加報酬としてそちらは受け取って下さい。と、言っても本当に気持ち程度しか出せなくて申し訳ありませんが……」

　そう言って頭を下げるタリサ。

「そんな！　頭を上げて下さい！　そうおっしゃって下さるなら、お気持ちありがたく頂戴いたします」

　テュールは慌てて言葉をかけ、依頼料を受け取る。カグヤも感謝の言葉を続け、同じように受け取る。

「では、依頼はここまでです。お二人ともありがとうございました。もしよろしければまた子供達の顔を見に来て下さいね。歓迎いたします」

テュールとカグヤは口々に是非に、と返答し帰り支度を始める。

そして、最後に子供達の顔を見ようと子供部屋を覗くと、ちょうど起きたばかりと思われるピナと目があった。

「おにいたん、おねえたん、いったうの？」

荷物を持って外套《がいとう》をしているせいかピナが二人が帰ってしまうことに気付く。

今にも泣きそうなピナの表情に心が締め付けられる二人。

どう言ったものかテュールが困っている内にピナが近付いてきて、カグヤの服の裾《すそ》にしがみつきながらやーだ、やーだと泣きはじめてしまう。

カグヤはしゃがんでピナを抱きしめる。

「ピナー？　泣かないの。　ピナがいい子にしてたらまた会いにくるよ。約束、ね？」

ほんとー？　ホント　ほんとのほんとー？　ホントのホント　ほんとのほんとー？　うん、約束　じゃあピナいいこにしてゆ　フフ偉いねピナ。

そう言って優しく頭を撫でるカグヤ。

そして後ろではピナの泣き声で起きたのか子供達は全員起きており、また来てよ？　絶対だよ？と口々に言い始める。

「あぁ、絶対だ。ナハハハー、兄ちゃんはお前らの師匠だからな。次来るときまでに少しは強くなってろよー？　また稽古つけてやるからなー」

「フフ、キャロ、ピナ？　タリサさんのお手伝いをしっかりするんだよ？　私がまた遊びに来たらその時は一緒に料理手伝ってもらうんだから」

そう言って五人の頭を撫でていくテュールとカグヤ。

「ありがとうございます。みんなあんまりお兄さんとお姉さんを困らせないであげてね？　こういう時は何て言うべきだったかしら？」

五人は顔を見合わせて、ハッと気付き、ありがとうございましたと頭を下げる。

こちらこそありがとうございました。二人は子供達に頭を下げお礼を言った後、踵を返す。

玄関までタリサと子供が見送りに来て、再会の約束と挨拶を交わす。

そして孤児院を出て、最初にテュールとカグヤが出会った岐路に立つ。

「あー……カグヤ、二日間ありがとう。すごい助かった」

「フフ、テュールくんってばこの二日間ずっとお礼言ったり謝ってばかりだったね。助かったのは私も一緒だよ。ありがとうございました」

頭を下げ合い、笑う二人……。どちらともなく笑いがおさまると沈黙が生まれる……。

そんな言葉がない時間がどれくらい経ったろうか、テュールがじゃあ俺はこっちだからそう言ってギルドから来た道を指す。

私はこっちだからテュールとは反対へ向かう道を指すカグヤ。

それじゃ――。うん、それじゃ――。

二人は同時に一歩を踏み出す。ゆっくりと遠くなっていく背中。

テュールは振り返ることなくギルドへと歩いていく。

同じ街で冒険者をしていればいずれまた会えるさ、と自分に言い聞かせ――。


「あー！　テュール！」

ギルドに入るとヴァナルが手を振って呼んでくる。テュールはひとまず合流すべくそちらへ足を向ける。

「テュール様お疲れ様です。いかがでした？」

依頼の結果を尋ねてくるベリト。

「あぁ、最初ちょっとしたトラブルがあったが無事達成だな」

「トラブル？」

静かに飲み物を飲んでいたアンフィスがその一言に気を引かれる。その手に持っている飲み物は恐らく酒だろう。法律？　こちら異世界でございます。

「あぁ、何の手違いか依頼が二重契約されててな。なんのかんので一緒に依頼を請け負うことになったんだが、これがまた――」

「おい、おめぇら！　見ろよ極上の女だぜ！　ひゅー！　そこの黒髪の綺麗なねぇちゃん！　俺達と酒飲まないか？」

「「「ガハハハハ!!」」」

テュールが説明しようとしたところで、ギルドに女性が入ってきたようで、周りで飲んでいたむさ苦しい男たちが急に色めき立つ。

「そうそう、黒髪の綺麗な……ん？」

自分の発した言葉に違和感を覚え振り返り、ギルドの入り口を見るテュール。

「あっ、テュールくんっ！　さっきぶりだね」

そこには、しばらく会えないだろうと思っていたカグヤが立っていた。

「おやおやおやおや！　テュール様の既知の方と察しますが？　テュール様。こちらの方はどなた様でしょうか？」

ベリトが普段の二倍増しで芝居じみた大袈裟なリアクションでテュールに尋ねる。

「あー、さっき言おうとした今回の依頼で一緒に依頼を請けた子だよ。カグヤ」

ちょいちょい。ベリト達三人にそう説明し、カグヤをテーブルへと呼ぶ。

「あー、カグヤ。こっちは俺の友人であり、一緒に育った兄弟みたいな三人だ。順にアンフィス、ヴァナル、ベリトだ」

口々に挨拶をする三人。

「私はカグヤといいます。テュールくんには今回の依頼でお世話になりました。皆さんよろしくお願いします」

綺麗なお辞儀をするカグヤ。一緒に揺れる黒髪についつい目が奪われ――そこを目敏《めざと》く三人が気付き、いつものニヤニヤ顔を始める。リバティに着いてからのこの三人はニヤニヤ芸人まっしぐらであった。

「すごいねーテュール。また女の子の友達が増えたねー！」

悪意ある強調をしながらヴァナルがテュールをからかう。

「ですわねー。さすがはテュール坊っちゃん。おモテになられてうらやましいですわ、ホホホ」

アンフィスが気色悪い口調でそこに乗っかる。

「バッカ――」

カグヤの恐ろしさを知っているテュールが慌てて弁解を図ろうとするが――。

「――また？」

時既に遅し。

ゾクリと背筋が凍るような声が響き渡る。先程まで周りのむさ苦しい連中もなんでアイツばっかりチクショウなどと大声でくだを巻いていた。それが――。

水を打った――。

まさにその一言がふさわしい程にカグヤの放った小さな一言はそれまでのギルドの喧騒《けんそう》と呼ぶべき音をすべて圧殺した。

カグヤの近くにいてその一言を耳にした者たちは一様に震え、その声を耳にしていない人々も何か異常な事態が発生していると緊張し呑まれる。

ここで立ち上がるは勇者。勇者は何故勇者と呼ばれるか。どんな絶望にも勇ましく立ち向かうからである。

「あー、そ、その、カグヤさん？　えぇと彼らの言っていることはですね？　あの、その？　単なる友達ってやつでして……？」

まったく納得していないカグヤ。汗が滝のように流れるテュール。しかし、この緊迫した雰囲気を打ち破る救世主が現れる――。

バタンッ!!　大きな音を立て扉が開く。

「リリスなのだー!!　テューくんに会いにきたのだ!!」

そして更に、すぐ後ろからトコトコと続く二名。

「エフィル？　ここでいいのかしら？」

「えぇ、ここで良いはずです。テュール殿はギルドに登録したとのことですからこちらに行けば会える可能性……。おっと、運がいいですね。ちょうどあちらに」

「あら、ホント、テューールさ～ん」

そして、リリスとセシリアが駆け寄ってくる。いやその表現は的確ではない。リリスは飛んできた。飛んできたリリスを仕方ないのでテュールは抱きかかえるように受け止める。次にセシリアは駆けてきたのだが、よほど焦ってたのかテュールの目の前で躓《つまず》いてしまう。咄嗟《とっさ》にリリスを抱えたまま、もう片方の手を伸ばす。

「キャッ。テュールさん、あ、ありがとうございます。……けど、こんなところで、そんなとこ……、あ、いやっ、その動かさな――っん」

「あ、いや、すまない！」

自分の手がセシリアのどこを支えていたかに気付き、慌てて離そうとするテュール。が、しかし、嫌がっているはずのセシリアは、言葉とは裏腹に全体重をその手に預けており、離せば倒れてしまう。テュールが冷や汗を浮かべ、どうしようかと逡巡《しゅんじゅん》してい――。

(ハッ……!?)

――た所で気付いてしまう。テュールは恐る恐る首だけで後ろを振り返る。

大魔王がそこにいた。

「テュールくん、本当にモテモテだねっ。別に私はテュールくんの恋人でもないし、つい、二日前に知り合ったばかりの友達だから別になんとも思っていないんだけどね?」

大魔王の攻撃、凍てつく笑顔。テュールは歯がガチガチと上手く噛み合わず、背中に嫌な汗が流れた。

ちなみにリリスはその間もテュールに甘えてばかりいて、周りをまったく見ていなかった。が、ようやく物々しい雰囲気に違和感を覚えたのか、顔を上げる。

「ん? テューくん、この人たち誰なのだ?」

そして、その声に、目を閉じて恥ずかしかっていたセシリアも顔を上げ、つい近くで同じ男に抱えられている少女と目が合う。

「あら、テュールさんのお友達ですか? こんにちは」

そしてあろうことか、平然と笑顔で挨拶をしはじめた。

(うん、挨拶は大事だ。だけど今、この瞬間は空気読も? な?)

そんな状況でも微動だにせず笑わないカグヤ。表情は微笑んでいるだけに尚不気味である。テュールは、ついにこの状況に耐えきれず、ツライ修行をともに耐え抜いてきた仲間に助けを求める――。


ガハハハ、兄ちゃんイケる口だね！　おう、おっさんも中々やるじゃねぇか！

姉ちゃんもなかなかだ！　フフ、私などまだまだ修行の身、精進せねば。

ガハハハ、こっちの兄ちゃんとエルフの美人の姉ちゃんに酒を追加だ!!

フフ、では行きますよ？　右手、左手どっちでしょうか？　んー、右！　俺も右だ！　分かりやすすぎるぜ、俺も右だ！　はい、正解は左でした。ひゅーどういう手品だい？　フフ執事スキルです。ガハハハそうか面白い兄ちゃんだ！　この兄ちゃんに酒を！

アハハー、そしたらその奥さんがね？　ボクに一緒にお風呂入ってくれたら報酬上乗せしますって言ったんだー。おう、それでそれで！　どうなったんだ!?　フフ、それはね～。体験版はここまでになりますーこれ以降は――。おーい、この兄ちゃんにメシと酒だ!!　ガハハハ!!


「…………」


（……おい、お前ら。冒険者二日目のニュービーがなにナチュラルに古参に混ざっちゃってるんですかね？　というか皆さん楽しそうに笑ってますけどわっかりやすいくらいこっちを無視するってオーラ出してやがりますね。おい、どうにかしてく――）

「テュールくんっ？」

「テューくん？」

「テュールさん？」

自分たちのことを放おって他のところへ視線を向けているテュールを呼び戻す三人。

ギギギと振り返り、笑顔を作るテュール。

（い、いや、別にやましいことはしていないんだ。堂々としていればいいんだ。うん、そうだ）

「あ、えぇと、みんなは初対面だよな？　しょ、紹介するな？　昨日絡まれている所にたまたま遭遇して、なんやかんやで友達になったセシリアだ。で、その後ギルドで出会ってなんやかんやで友達になったリリスだ。で、昨日今日と依頼を一緒に受けて、友達……になれたんでしょ——ヒッ‼

友達になっていただきましたカグヤさんです」

途中絶対零度の視線を浴びながらなんとか紹介ミッションを終えるテュール。

ふーん、と三人はお互いをじろりと見てから挨拶を交わしはじめる。そして挨拶が終わると、んー、と考え込んだセシリアが自覚があるのか、ないのか、爆弾を投下しはじめた。

「……じゃあ私が一番先にテュールさんのお友達になれたんですねー。嬉しいです」

両手で赤く染まった頬を隠すようにクネクネしながらセシリアが言う。

ピクッ、リリスとカグヤの頬が引きつる。

「テュ、テュークんの手って大きくてゴツゴツしてるけどあったくて優しい手をしてるのだ。手を繋いで歩くととても安心できるのだ！」

リリスが負けじと爆弾を放る、放る。

へー。不潔なものを見るような目でセシリアとカグヤがテュールを睨む。

そして、当然大魔王も黙ってはいない。何かを思い出したようにカグヤが――。

「あ、そっかー今思い出した！　テュールくんが寝言でアンフィス君達の名前を言ってたから聞き覚えあったんだー！」

ピシリッ、空気に亀裂が入る。フフフ、ナハハ、アハハ、三人の乾いた笑いが渦巻く。

そして、テュールは全身の血の気が引き、貧血寸前の状態になると今度こそ救世主が現れる。

バンッ!!　荒々しく扉が開く。そこから現れた男は、詰め所で散々テュール達が世話になったウエッジ。そしてウェッジはひどく焦った様子で怒鳴る――。

「龍族だ!!　成龍期に入った純龍が魔力暴走を起こして理性を失っている!!　城壁の外、西にある平原だ!!　Bランク以上は俺についてこい!!　Cランク以下は街の住民の避難だ!!　急げ!!」

そしてその言葉を聞いたテュールは――。

「アンフィス、ベリト、ヴァナル行くぞ!!　セシリア、リリス、カグヤ、すまない、話はまた後だ」

真剣な表情でできるだけ切羽詰《せっぱつま》った様子だと映るよう演技し、セシリア達三人にそう告げる。

内心は、大魔王三体を倒すより、成龍を相手する方がよっぽど楽だと考え、この場を離脱して龍の元へ避難したいという一心だ。

長年付き合ってきた三人はその状況を瞬時に察し、やれやれという様子で気怠《けだる》げにテュールに返事を返す。幸い、セシリア、リリス、カグヤも状況が状況のために押し黙り、テュールを見送る。

そして四人はギルドの外へ出ると、人々の死角になっている物陰へと走り、それぞれが認識阻害の効果を付与した真っ黒な外套を魔力で作り出し、全身を覆う。

外套を纏うと、四人は遠慮なしに駆けだし、西側の城壁にほんの数瞬で辿り着く。

城壁から見える平原にはいわゆる西洋竜のイメージに近い真紅の鱗をした成龍が暴れており、街に近づいてくるのが見える。

「アンフィス。あれはどっちだ？」

「……女、だな」

「ならば、紳士らしい振る舞いでいくとしよう」

アンフィスの答えにそう提言するテュール。三人は頷く。そしてテュールは城壁から外へと身を投げ出し、平原を黒い弾丸となって駆け抜ける。途中冒険者と衛兵の集団を追い越す。この速度と認識阻害の外套の効果で気付かれた様子はない。逆に言えばこの集団はこの程度の速度と魔法で気付けないレベルだということだ。

成龍の大きさがハッキリ見える位置まできた。全長はおよそ三十メートル程。大きな皮膜のついた一対の翼は動く度に突風を撒き散らし、鋭い眼光は瞳孔が開き、暴走状態だということが分かる口からは炎が漏れている。幸いにも周りにはまだ冒険者や衛兵は到着していないようだ。

「あの集団のレベルでは成龍の相手は難しそうだな。こちらで勝手にやらせてもらおう。ベリト結界を、ヴァナル濃霧、アンフィスは注意を引いてくれ。俺が意識を刈り取る」

テュールの言葉に三人を頷き、それぞれの役割を果たすべく動き始める。

ベリトは直径五百メートル程の半球型の結界を張る。ヴァナルは水、火、氷の魔法を使い、一旦水蒸気を大量に発生させ、急速に冷やし結界内を濃霧で満たす。

「おいおい、なんだこれは！」

「中はどうなってる⁉」

「龍はこの中か⁉」

追い越した集団が到着したのだろう。結界を武器で叩く者や魔法をぶつける者もいる。だがベリトの結界はその程度の攻撃では罅《ひび》一つ入らない。

外界から視覚を遮断されたため、四人は外套を霧散させる。アンフィスがお嬢ちゃんこっちだ、と人の姿のまま殴り合いを始める。アンフィスの身長は人の中では大きい方だが成龍と比べれば羽虫も同然だ。だが、アンフィスの漆黒の籠手から繰り出される拳は確かに成龍に衝撃を与え、意識を引くことに成功している。

羽虫のごとく飛び回るアンフィスを理性を失った成龍が苛立たしげに追い回す。そして龍の口元には――。

「ブレスか――」

十メートル級の魔法陣が光り、白熱した炎の濁流がアンフィスを襲う。

龍は本能で知っている。このブレスを防ぎきれる者など皆無に等しいことを。龍の口元が獰猛に釣り上がる。煩《うるさ》い羽虫を退治したという小さな達成感を得て。そしてその瞬間には強者の慢心があった。五種族最強の龍族。まして自分は竜人ではなく、純龍だという生まれ持っての圧倒的優位。

冷静であれば、周りを見渡す注意深さがあれば、気付けたかも知れない。二十メートルもの魔法陣を一本の刀へと変えた男のことに。

そして理性なき今、耳元で聞こえた言葉の意味なんか理解しようともしなかった。あぁ、まだ羽虫がいたのか、蹴散らさねばと本能で感じただけだ。

オヤスミ、オジョウサン？　ヒケンコロサズ？　ハハハ、ハムシメ、ツギハオマエノバ――。

紅き龍はそう言葉を発している途中で瞳から色が消え、崩れ落ちる。その首元から胸の先には一直線に薄く長い魔力刀が貫通しており、そしてその柄の先にはテュールがいた。

「アンフィス、大丈夫か？」

数十メートル先でブレスを受けきったアンフィスに念のため尋ねるテュール。

「あぁ、なにちと服が焼けた程度だ。怪我はない」

濃霧の先で姿の見えないアンフィスが答える。

それを聞いて安心したテュールが魔力刀を霧散させると紅き龍は人の形へと姿を変える。そして地面へと倒れ込まないようテュールは少女を抱きかかえる。

まだ年若い少女は燃えるような紅い髪をしており、目を閉じていても凛々《りり》しさが伝わってくる。

そして、どこか抜き身の刀を思わせる魔性の美しさがあった。そして一糸纏わぬ身体は前世での欧米人顔負けのスタイルで、女性の象徴とも言える双丘は生きていることを伝えるように上下している。桜色の蕾《つぼみ》とともに。

「まとわぬっっっ!?　アンフィス、ヴァナル服だっ!!　今すぐ服を持ってこい!!」

動揺したテュールは大声を上げてしまう。その声に紅髪の少女の長い睫毛がピクピクと動く。

「ベリトぉぉおお!!　今こそ執事力の見せ所だ!!　早く!!　ねぇもう結界とかいいから早く!!　起きちゃうよ!?　ねぇ起きちゃうよ!?」

あっ……。テュールの叫び声も虚しく少女の瞼《まぶた》が開かれる。

「お、おはよう。そしてよく聞いて欲しい。これは誤解だ。何を君が思っているかは分からない。だがこれは誤解なんだ。まずは話し合おう」

キョトンとする紅い少女。状況がまだ理解できていないが、見知らぬ男性の目線がチラチラと泳ぎ胸の辺りを何度も見られているのに違和感を覚え見下ろす。

「――――!!」

少女はテュールの腕の中から跳ね起き、すぐさま魔力で服を作り出す。視線は鋭くテュールを突き刺し、紅い髪がゆらゆらと宙でなびく。可視化される程の魔力が渦巻く。

「あー、そうだよね。そうなるよね。うん。そうなって当然だ。だが、少しだけ俺の話しを聞いて欲しい。君は今まで竜化していて理性を失っていた。龍族が成龍になる際に起きる魔力酔いだろう。そして君が街や人に被害を出す前に俺が力づくで魔力ごと意識を奪った。そのせいで上手く人化の術での服を形成できなかったんだろう。しかし、君の裸を見たのも事実だ。すまない。そして俺にはそれに見合う償《つぐな》い方が分からない。俺にできる償いならなんでもしよう」

散々チラ見していたテュールが真面目トーンで謝る。背中には冷や汗びっしりだ。

……。しばし今の言葉について思案を巡らす少女。ややあって少女を纏う魔力は霧散され、髪はストンとまっすぐに落ちる。

「……。すまない、迷惑をかけた……。確かに私は急な魔力の増大に焦り、リバティを出たところまで記憶がある。成龍へとなったことも感覚から分かる。お前は嘘をついていないのだろう。助かった、ありがとう」

「あぁ、気にしないでくれ」

テュールは冷静さを取り戻し、感情的にならない少女に安堵した。もしかしたらこのまま立ち去ってくれるかも知れない、と淡い期待さえした。だがしかし現実はそこまで甘くはなかった。

「だが、家族以外の男に裸を見られるのは初めてでな。これでも少しばかり傷つき、戸惑っている。怪我一つない所をみるとお前は善意で私を助けてくれたのだろう。本当に感謝する。しかも私の肌に対する償いまですると言ってくれる。ここまできたら言葉に甘えようと思う」

「あ、あぁ、どーんと来い。どーんと」

テュールは余裕のある態度を見せようとするが声が震えていた。

「名を教えてもらっていいか？」

「……テュールだ」

「私の名はレフィーだ。ではテュール償いだが……、お前を来るべき日に一日借りたい」

「一日？」

「あぁそうだ。一日隣にいて話を合わせてくれるだけでいい」

まぁ、それなら。と了承するテュール。

ありがとう。そう言って、頭を下げるレフィー。

「では、よろしく頼むテュール」

「あぁ、こちらこそ」

「さて、お話がまとまったところでよろしいでしょうか？　外の冒険者の方や衛兵の方々が大分興奮してきていますが如何なさいますか？」

いつの間にかアンフィス、ヴァナル、ベリトが近くにきている。

「……。逃げようか。あー、とりあえず一緒に来る？」

頷くレフィー。レフィーの分の黒衣もテュールが作り出す。

「じゃあ結界を解いたらそのまま西の森まで入ろう。そこで時間を潰して何気なく戻るってことで」

「畏まりました。では」パチン。

ベリトが指を鳴らすと結界が解ける。その瞬間に五人は駆け出し森へと潜る。濃霧は残しているため街側にいる冒険者や衛兵には気付かれずに逃走を図れた。

こうして無事、龍退治を終える四人であった。


テュール達は西の森に身を潜めほとぼりが冷めるのを待つ。

その間に簡単に自己紹介をし、時間を潰す。

「それでレフィー、それはいつなんだ？」

テュールは、レフィーの裸を見た償いとしての一日レンタルの日取りを確認する。

「あぁ、すまない。まだ正確な日付が分からない、今日明日の話ではないんだ。分かり次第ギルドに言付けでも頼むとしよう」

「ん、了解した」

それからは暫《しばら》く他愛もない会話が続き、平原から人がいなくなったことを確認すると——。

「さて、じゃあ俺達もそろそろ戻るか。レフィーはどうする？」

「そうだな。私は別行動を取るとしよう。テュール、アンフィス、ヴァナル、ベリト、本当に助かった。ありがとう」

そう言って頭を下げた後、レフィーは歩き出す。

四人はレフィーが見えなくなるまで見送ってから誰ともなく歩きはじめ市門へと近づいていく。

「ん、止まれ。身分を証明できるものを見せてもらおう」

見たことのない門兵がそう言う。

はい、と言って四人は仮の入場パスを見せる。少し待っていろと四枚の入場パスを調べ——。

「よし、通っていいぞ。にしてもお前たちこんな日に外にいて無事とは運がいいな」

「何かあったんですか？」

テュールが素知らぬ顔で尋ねる。

「あぁ、滅多にないことなのだが今日西の平原に成龍になったばかりの龍が現れてな。幸い街や人の被害はなかったようだ。どうやら高位の魔術師が相手したみたいだが詳しい話は俺のとこには来てないな。お前らも気をつけろよ？」

「へぇ、そんなことが……それは怖いですね。ありがとうございます。気をつけます」

神妙な顔つきでテュールがそう答え、一行は街へと入る。

「ふぅー……。さて、なんとかなったな。これからどうするか」

テュールの問いかけにとりあえず次の仕事を見つけるためにギルドへ行こうと三人は言い出す。

「んー、ギルドは明日でもいいんじゃないか？　今日は戦闘もしたし、結構走ったし？　お金はほらお前ら稼いだ分で一泊くらいなんとでもなるだろ？」

ゴネはじめるテュール。

ガシッ。

そんなテュールの両腕をヴァナルとアンフィスが拘束する。そのままズルズルとまるで市場へ売られにいくように運ばれるテュール。この日リバティに謎の歌詞と悲しい旋律が響き渡りちょっとした噂話になったのは余談である。

そしてギルドの前に到着する四人。キィ、ほんの少し隙間を開け中を覗き見るテュール。かなりカッコ悪いのは本人も自覚しているであろう。

後ろからアンフィスがテュールの尻を蹴る。

バタンっ。扉が押されテュールがたたらを踏みながらギルドという名の戦場に戻ってくる。

「あー、テューくん！」「テュールさんっ！」「テュールくん！」

どうやら三人もギルドにいてしまったようだ。

や、やぁ、と引きつった顔で片手を上げるテュール。

そして、そんなテュールに三人は近寄ってきて目をキラキラさせながらフフフー私達ぃ――。

「「「友達になったのだ！（なりましたの！）（なったの！）」」」

と宣言してくる。ネー！　とかいいながらキャピキャピワイワイしている。

とりあえず先程までの不穏な空気はない様子にテュールは大きく息を吐き、安堵した。

「そ、そりゃ良かった！　それがいい！　うんうん、友達ってのはいいもんだよな！　俺もみんなが仲良くなってくれて嬉しいよ、ハハハハー」

ピクッ。仲良く楽しげに笑っていたセシリアが動きを止めて怪訝な表情をする。

「あれ？　テュールさんから知らない女性の匂い？」

そして『知らない女性の匂い』などというとてつもないパワーワードを放り込んでくる。

時を同じくして、キィとギルドの扉が開く音とそこから入ってきた人物の話し声が聞こえてくる。

どうやらベリト達と話し始めたようだ。だがテュールはそんなことに意識を割く余裕はない。

ピタッ。セシリアの言葉を受けリリスとカグヤの動きが止まる。そして無言でつかつかとクロスレンジまで距離を詰めてくる。二人はスンスンと鼻をひくつかせる。

「ホントなのだ――」「ホントね――」

ぶわっと再度冷や汗が背中を流れるのを感じるテュール。しかし、ここで認めたらまた恐怖の再来だ。自らを奮い立たせ、必死に取り繕おうとする。

「あー、アレかな？　住民の避難を手伝っている時お婆さんを背負ったからかなー？　あのお婆さんいい匂いだったなー。確か薬師してるって言ってたなー。そこで色々なハーブを取り扱ってるみたいでな？　ハハハハー」

三人はジト目で疑惑の眼差しをテュールに向ける。テュールは手のひらに汗が溜まっていくのが分かる。

「うしっ、ガキどもそこまでだ。おいテュール？　その住民の避難の話をききてぇ。詰め所まで来てくれるか？」

「!?　ウ……ウェッジさんっ!!　ま、待ってました!!」

どうやら先程扉から入ってきたのはウェッジだったようだ。テュールに有無を言わぬ声でそう言いニッコリと笑っている。超不気味であったが、レフィーのことを根掘葉掘り聞かれるくらいなら冷たい鉄格子のついた部屋で美味しくないご飯を三日くらい食べたほうが精神的に楽だと考えたテュールは特に何も言わずウェッジについていこうとする。

「では、テュール様いってらっしゃいませ」

「「いってらっさーい」」

そして他人事のようにベリト達三人が送り出そうとする。

「おめぇらもだからな？」

ウェッジがこめかみに青筋を立てて笑いながら宣言する。

三人は半ば覚悟してたからかヤレヤレといった様子で従う。

そしてリリス、セシリア、カグヤの三人も笑顔でテュール達一行を見送る。有耶無耶になんてなりませんからね～？　帰ってきてから話を聞くのだ！　フフ、待ってるねっ！　そう言い残して……。

テュールはこれならずっと牢屋の方がいいかな、とそう思ってしまった。それが逃避だと分かっていても……。

「んじゃ、行くぞ？」

こうしてウェッジとテュール達四人は詰め所へと向かうのであった。


そしてウェッジとテュール達四人が詰め所に到着すると早速ウェッジの私室に通される。

「さて、テュール？　お前ら成龍騒ぎの時にどこ行ってた？　んー？」

「え？　あーと、ど、どこだっけなぁ？　薬師のお婆さんのところだったかなぁ？　必死だったからあんまり覚えてないなぁハハハ」

テュールは本当にごまかす気があるのかと思える程の大根っぷりで答える。

「あー、もういぃ。まどろっこしい問答はいらねぇ。で、龍はどうなったんだ？　お前らだろ？　アレをやったのは」

どうやらウェッジには確信があるらしく視線を真っ直ぐとテュールに定め問いただしてくる。

「えぇと、作戦会議してもいいですか？」

「いいわけねぇだろ。アホが。あの結界内でお前がバカみたいにデケェ声でアンフィス、ヴァナル、ベリトって呼んでたのが聞こえたんだよ。まだシラきるか？」

「……………」

場をイヤな沈黙が支配する。これを打ち破るは元凶である愚か者――。

「……いえ、その、僕達がやりましたです……。はい……」

テュールが誤魔化すのは不可能だと判断し、折れる。他の三人もやれやれと言った様子でそれを見守る。

「ん。さて、んじゃまずは龍がどうなったのか、これを最優先で知りてぇ」

「あー、余分な魔力を意識と一緒に飛ばした後は無事理性を取り戻しました。もう大丈夫でしょう」

「そうか、その言葉信じるぞ？」

街の安全に関わることだ。ウェッジの視線が一層険しくなりテュールに真実か問う。

テュールも先程までとは違い、誤魔化せない以上嘘をついても仕方ない。真剣な目でウェッジに視線を返す。

数秒視線を交差させているとウェッジがうむと一言呟き、お前らはちょっと待ってろ、そう言って部屋を出ていく。恐らく龍の再出現で警戒を高めていた衛兵や冒険者に報告するためだろう。

「あー……厄介事に巻き込まれなきゃいいけどなぁ……」

成龍を四人でなんとかしてしまった。ランクの高い冒険者達も何人か見たがモヨモト達はおろか自分たちに届きそうな人も見たことがない。公表されてしまえば様々な期待と役目を負わされることは目に見えている。

「仕方ありませんね。どうせ何か事件が起きれば私達は力を隠さず解決に当たるでしょう。特に命に関わるものであれば見過ごせるわけもありません。遅かれ早かれですよ」

ベリトは大したことじゃないという風に軽く答える。

「いや、それにしても早すぎだろ……。まだ来て二日だぞ？　滅茶苦茶イベント盛りだくさんだったが二日しか経ってないんだぞ？」

「アハハー、確かにテュールにはイベントがたくさんあったねー。まさか二日で四人もナンパするとは思わなかったよ」

「ダハハハー、そうだな。よほど島で女のいない生活がつらかったんだろう。解き放たれた野獣だな」

いつものようにヴァナルとアンフィスがからかってくる。

「……。もういいよ、それで。俺は女馴れしてないから正直ペース崩されっぱなしだよ。しかも全員カワイイ、キレイだろ？　俺はドッキリかもしくは詐欺か、はたまた運の使いすぎで死ぬんじゃないかなって思ってきたよ、ハハハ……」

陰のある表情で呟くテュール。その表情を見て、流石に可哀想になってきたのか、ヴァナルとアンフィスが慰めの言葉をかけはじめる。

「戻った。……ん？　どうした。なんだこの空気は……」

「いえ、なんでもないっす……」

テュールは未だ生気の宿らぬ目で力なく言葉を返す。

「まぁいい。まずはお前らに感謝する。お前らのおかげで街や人に被害を出さずに済んだ、ありがとう」

そう言って頭を下げるウェッジ。

「いえいえ、気にしないで下さい」

と返事をするテュール。

そしてウェッジはその険しい顔を破顔させ、笑顔になる。そして――。

「で、だ。感謝はここまでだ。次は説教だ。お前ら洗いざらい喋れよ？」

そこからのウェッジは表情と反比例して厳しかった。

「誰とも連携を取らず、連絡を取らず、その後の報告もない。衛兵や冒険者達がどんな気持ちで街を守ろうとして、今も警戒にあたってるか分かるか⁉　なにより無事だったからいいもののお前らみたいなガキ四人に全て任せてお前らを死なせてみろ‼　てめぇらはつぇぇかも知れねぇが、あんまり大人舐めんじゃねぇぞ」

そう言うウェッジの目からは真剣に身を案じていることが分かった。

その言葉を聞き、いつの間にか天狗になっており、傲慢《ごうまん》が過ぎたと反省したテュール達四人は素直に謝罪をする。

謝罪を聞き入れたウェッジは一服し、大きく紫煙を吐く。そして――。

「……んで、お前らはこの件公表されたくないんだよな？」

テュール達にそう尋ねてくる。

「えぇ、まぁ、できることなら……」

「ふむ、幸いお前らの存在に気付いているのも俺だけだろう。お前らもその若さで振り回されるのも酷だしな。今回は黙っておいてやる。まぁ街の危機なんてものは数年に一回だ。そうそう同じようなことは起きねぇ」

お前らがトラブルの種を寄せ集めなければな？　と街に来てから二日間でトラブル続きの四人組にそう釘を刺すウェッジ。

四人もトラブル続きなのは自覚があるため苦笑し、感謝と謝罪の言葉を口にする。

こうして成龍事件も無事丸くおさまり、残る憂《うれ》いもなくな……って……。とテュールが考えたところで頭の中でリフレインするセシリア、リリス、カグヤの声。

しかし、この三人なら無闇やたらに口外することはないだろう——とテュールは思考を放棄しギルドに戻ったら全てゲロっちゃおうと心に決めたのであった。


そしてギルドに戻り、テュールは待ち構えていた少女三人に事情を説明し、なんとか理解してもらい、帰りを見届けたところで精根が尽き果てた。

「はぁ、もう今日は休むわ……」

レイプ目で逃げ出すテュールにしかしベリトから声がかかる。お金はあるのですか？　と。

紹介してもらった宿の料金は五千ゴルド。そしてテュールの所持金は三千ゴルド。

「……貸して？」

「「「NO」」」

こうして、泣く泣くギルドの書類整理というFランク依頼をこなし、なんとか二日目を終えるテユールであった。

第三章　物語が動き始めるよ！　全員集合！

「うしっ、お前らそこまで！」

テュールの声が以前孤児院に依頼で来た時に訪れた運動場に響く。

「師匠ありがとうございました！」

「ありがとうございましたー！」

いくつもの声が重なる。

テュール達がリバティへきて早三ヶ月ほどが経つ。ハルモニアの入試も目前だ。テュール達はあれ以降も依頼をひたすらこなし、たまに息抜きをしながらも目標金額を稼ぐことに成功した。

そして、テュールはしばらく前から、孤児院の子供を集めて修行の真似事をしており、いつの間にか近所の子供達も集まってちょっとした武道教室みたいなことをしている。

流石にモヨモトやリオンがテュールに施した常識外の方法ではなく、どちらかと言うと一緒に身体を動かして〝遊ぶ〟という感覚だ。

いつもは十人前後だが今日は十七人と多い。理由はテュールの学校が始まるので今日で武道教室が終わりになるからだ。まぁ入試に受かれば、の話だが。

そんなわけでテュールが最後の挨拶をビシッと決めてやろうと息を吸い込む。

「いいか！　お前ら人生ってや――「たのもー」

非常に間の悪いタイミングでたのむ気のない可愛らしい声がテュールの声に重なる。

テュールはその声の主の方へとゆっくり振り返る――獣人だ。十歳くらいだろうか？　オレンジ色のショートカットの女の子。頭にちょこんと耳が乗っており、お尻から尻尾が生えている。

（猫？……ではないな。獅子――いや、まさか）

テュールは少女の正体を考えるも、じっと見つめられているのが気になり、一旦思考を放棄し話しかけることとした。

「あー、お嬢ちゃんごめんな？　実は今日はもう終わってしまってだなぁ、その更に言えば今日でこの集まりは終わりなんだ。すまない」

良いこと言ってやろうを見事なタイミングでカットした少女にテュールはそう告げる。

「私、道場破り。ここのししょーが強いって聞いてきた。あなたがししょー？」

「あぁ、一応俺がここで教えている師匠っていう立場の人間だが――って道場破り!?……キミが？」

コクリ、頷く少女。

テュールはこんな小さい女の子が道場破りとはにわかに信じられなかったが、そう言えば俺なんて一歳から修行してたな、と思い返すとおかしくもないかと思えてくる。別に一回くらい少女と手合わせするくらい手間でもない。少し付き合ってやるか、と考え――。

「よし、このテュール青空武道教室の最後の他流試合だ。――勝負しようか」

絶望的なネーミングセンスで今初めて教室の名前が決まったが、そんなことには一切構わず周りのガキんちょどもは勝負だー！　勝負だ！　と騒ぎ始める。

「ん。ありがとう。私の名前はレーベ。あなたは？」

「俺の名前はテュールっていうんだ。よろしくな。さて、ルールは降参するか気絶するかだ。武器でも魔法でも好きに使って構わない、以上。このルールで大丈夫か？」

コクリ、テュールの言葉に頷く少女。

本当に勝負をする気であることを再確認したテュールはレーベとの距離を十メートル程空け、興奮して騒いでいる子供達に下がるよう注意する。何度か注意してようやく言うことを聞く子供達を見届けるとテュールが軽い口調で開戦を宣言する。

「――んじゃ、ま、いつでもどうぞ？」

「……いく」

レーベは律儀に攻撃の宣言をしてから突っ込んでくる。

その動きは猫科の猛獣を思わせる俊敏でしなやかな動き。ほんの瞬きの間にテュールへと迫り、拳を振るう。しかし、その拳はテュールの鳩尾《みぞおち》一センチ手前でピタリと止まる。

「なんで？」

「いや、逆に聞きたいのはこっちだぞ？　なんで止めたんだ？」

テュールにしてみればレーベの動きは想像より遥かに良かった。正直な話、ギルドで酒を飲んでばかりいる中級冒険者なんかよりよっぽど動けていると感じた。それはテュールを驚かせたが、驚かせた止まりだ。脅威には感じない。まして当てる気のない拳に対しては何もすることなどない。

「ごめんなさい。怪我させちゃ可哀想って思ったから……」

「なるほどね、確かにキミくらいのレベルだと大人でも全く反応できずに怪我をすることもあるか……。まぁ、けど心配するな。この程度ならなんてことはない。好きなように攻撃してきて平気だ」

師匠かっけー！　師匠強そうだ！　子供達がキラキラした目で見つめてくる。テュールの自尊心は子供に支えられていた。

レーベの顔がほんの僅かに歪む。舐められたことに腹が立ったのだろう。獣人の多くは強さに対してプライドがかなり高い。そう戦闘民族だ。

そして、その強さをこき下ろされれば少女と言えど――牙を剥く。

そこからレーベの容赦のない攻撃が始まる。跳躍《ちょうやく》とも言えるステップで大きく回り込み、慣性を無視したように急制動、急転回を織り交ぜる。時折獲物を仕留める猛獣の如く拳や蹴りがテュールに襲いかかる、が……当たらない。

テュールは開始位置に置いたままの左足を軸に円を描き、最小限の体捌きとパーリングでレーベをいなす。ガキどもが師匠ゾーンだ！　師匠ゾーンだ！　と盛り上がりを見せる。

（すみません、以前調子に乗って俺が『これが師匠ゾーンだ！』ってガキンチョどもに言いまわりました）

さて、そんな状態が五分程続いただろうか。レーベは一旦立ち止まり、小さく苦悶の表情を浮かべながら、肩で息をする。

「すごい……。当たらない……」

「おう、さんきゅー。レーベちゃんも中々だぞ？　その歳……、って言っても歳は聞いていないが、まぁよく鍛えられていると思うよ。だが、お兄さんが上には上がいるってことを教えてあげよう」

師匠大人げないぞー！　師匠調子乗んなー！　観戦している子供たちからガヤが飛ぶが、都合の悪い言葉は無視するテュール。

「ふぅ。本当はあんまり使っちゃダメだけど、本気出す」

「ん？」

レーベの両手には見覚えのある魔法陣が重ねられ、やがて五メートル程の魔法陣となる。

「……獣王拳」

テュールが小さく呟くとレーベの頭の上にある耳がピクンと動き、これまた小さく驚いた顔をする。

「……魔法陣を見ただけでこれが分かるの？　何者？」

そして驚く少女をみていたずら心がふつふつと沸いたテュールは悪いクセが出る。

「俺か？　俺が何者か、か。ククくいいだろう。この勝負に勝ったならば教えてやる」

ついついテンプレセリフを言ってみたくなってしまうのだ。

そして、日本産テンプレに免疫のない少女に効果は抜群だ。押し黙ったまま睨みを一層強くしてくる。

そしてそのまま無言でレーベの魔法陣が輝き、その小さな身体の周りを赤いオーラが覆う。そしてそこからは先程とは文字通り桁違いの動きを見せてくる――。

間合いを一瞬で詰めると凄まじい速さの拳が振るわれる。

その拳の速さにテュールは思わず目を見開き、腕を折りたたみ本日初めてのガードをする。そして威力を逃がすために自ら派手に吹き飛ばされる。

当然先程まで劣勢にあったレーベがここで慢心などするわけもなく、追撃を仕掛けてくる。吹き飛んだテュールを追い越し、回り込んで蹴りを放ってきた——。

もしこれがクリティカルヒットしたならば衝撃はそれこそトラックレベルだろう。

（うっ、トラウマが……）

だが、吹き飛びながらトラウマを再発させながらもテュールは冷静に対処する。空中で反転し、迫りくる足を見ながら五センチ程の魔法陣を描きレーベの軸足の真下の地面をくり抜く。

レーベは軸足の支えがなくなり踏ん張りが効かず、蹴りのタイミングが早くなってしまい、から回る。が、勢いを殺さずそのまま回転し、裏拳で合わせてこようとする。

（ふむ、咄嗟の対応力もいいな）

などと思いながらテュールは一メートル程の魔法陣を発動。自分の重力を限りなくゼロに近づけ、裏拳の風圧で吹き飛ばされる。

すぐに重力を元に戻し、ピンボールさながらのテュールは地面に足を着く。だが息つく間もなくレーベが襲いかかる。お次はショートレンジでの乱打だ。暴風雨の如く四肢全てを武器と化し、果敢に攻める攻める。

「ほっ、ぬぅ、むんっ、いだっ、あでで、ひでぶっ」

ステッピングで避け、スウェーで躱し、腕で反らし、弾き、時にガードし、テュールは暴風雨と踊り狂う《ダンスっちまう》。

そして暴れるだけ暴れたレーベがその勢いが少しずつ衰えていく。

(……そろそろか)

――パシンッ。

これ以上続けるとレーベの身体に負担が掛かりすぎると考えたテュールはレーベの小さな拳を倍ほどの手のひらで包み込み受け止める。

そしてレーベも届かなかったと悟り、身体の周りを覆っていた赤いオーラを消し、ほんの僅かに口元を緩ませる。『ししょー強い』レーベは最後にそう呟くとやりきったぞー！という勢いで大の字に倒れ込む。

慌てて抱えるテュール。周りの子供達は途中からまったくついていけてないため、なんかすごかったね。うん、なんかすごかった！と、小学生並みの感想を言い合う。まぁ、実際年齢は小学生並なのだから間違ってはいない。

そしてテュールはいつも通り、さて、この子どうしようか。と、途方にくれるのであった。

暫くして、気を失っていた獣人の少女レーベが瞼を開く。

「知らない天井……」

「お前が言うんかい」

すかさずツッコんでしまうテュール。

キョトンとした顔でレーベはここどこ？　と尋ねてくる。

「近くにある孤児院だよ。ほら水でも飲むか？」

起きれるか？　そう尋ねてテュールは近くにあるコップを差し出す。

ありがとう。平坦な声で感謝を伝えベッドから上半身を起こし水を飲むレーベ。

「どこか具合の悪いとこや痛いところはあるか？」

その言葉を受け、自分の手足を一通り、目で追いながら動かすレーベ。大丈夫みたい。その言葉が出てきてひとまず安心だ。

んじゃ、ちと待ってろ。テュールはそう言い残し、部屋を退室する。

ほどなくして、トタトタトタと賑やかな足音と一緒にテュールが戻ってくる。

「初めましてレーベさん。私はここの孤児院の院長をしているタリサと言います。身体の方は大丈夫かしら？」

柔らかな物腰で挨拶をするタリサ。

ベッドから起き、立ち上がってから挨拶を返すレーベ。

「レーベです。お世話になりました。大丈夫、ありがとうございます」

しっかりとした足取りで立ち、綺麗なお辞儀をしてそういうレーベ。それを見てこれなら本当に身体はなんともなさそうだ、と安心するテュール。

そして、その後はトタトタ足音の原因である子供たちが一斉に自己紹介を始める。俺は、あたしは、と。それぞれの自己紹介に丁寧に返事を返すレーベ。そしてその中の一人――。

「あたちピナ！　よっちゅです！」

小さな小さな少女は胸を張って指で四を作り堂々と宣言する。

（あかん、カワイイ）

思わずニヤけてしまうテュール。

「ありがとう。私はレーベ、十五」

（うんうん、実にほっこりする場め――十五？　何の数字だ？　いやな？　まさかな？）

信じがたい言葉を耳にしたテュールは、念のためレーベに確認をとる。

「れ、れーべ？　今の十五ってのは何の数字だ？」

「年齢。私は今十五歳」

「えっぇえええええ!?」

っと、大袈裟に驚くテュール。だが驚いているのはテュールだけだ。

（え？　こんなもんなの？　この世界の十五歳の獣人ってみんなこうなの？　日本と違ってこっちは十五歳で大人だよ？　大丈夫？　事案発生しない？）

一人この世界の現状を憂いてしまうテュールであった。

「ししょー。私は十五。ししょーは？」

「あ、あぁ、俺か。俺も十五だ。奇遇だな。……そして、その師匠ってのはなんだ？　テュールでいいぞ？」

「ううん。ししょーは強かった。私弟子入りしたい。……ダメ？」

「え、弟子入りって、いや俺もまだまだ自分のことで手一杯だし……。あそこでやっていたのはあくまでもゴッコ遊びみたいなもんだったし……」

レーベは視線を逸らさない。

うっ……。またこのパターンか、と視線が泳ぎ始めるテュール。子供達はいいじゃないかー師匠！　レーベの師匠にもなってやれよー！　と騒いでる。ピナもしょーだ！　しょーだ！　と言っている。

（カワイイ）

何度でもニヤけてしまう。だが、そんなふざけたテュールを前にレーベは真剣だ。

「ししょーの時間の空いた時に相手してくれるだけでいい。邪魔にならないよう気をつける……。お願いします」

そう言って深く頭を下げるレーベ。なぜ同い年でも見た目が幼女だとこうも頭を下げられた時の罪悪感が跳ね上がるのだろうか。テュールは目の前で頭を下げ続ける少女にめまいを覚える。

「あー……、うん、まぁ、分かっ、た……。けど！　そんな期待するなよ⁉　あと本当に時間の都合もどうなるか分からないからな！　まぁ、それでもいいなら……」

レーベの表情の変化はどれも小さいのでわかりにくいが、それでも最大限喜んでいるのが分かる。可愛らしい笑顔になり、尻尾がフリフリ。今度師匠特権で触らせてもらおう。早速職権乱用を考えているテュールであった。

「フフ、良かったですねレーベさん。では、話もまとまったところですし今日はテュールさんから頂いたお菓子があります。みんなでお茶にしましょう」

そう言うと子供達は大袈裟に喜び、ダイニングへと走っていく。見た目は幼女でも中身は落ち着いているレーベは走り出すということをしなかった。ただお菓子という単語が出た瞬間少し耳がピクンと動き、尻尾のメトロノームが速くなったくらいだ。

やれやれとテュールは苦笑し、ともにダイニングへと向かう。

おやつを食べ終わるとあまり長居をするのも申し訳ないとテュールとレーベは孤児院を後にする。

「んじゃ、日曜日は動けると思うからよろしく。連絡はギルドを通してくれれば大丈夫だ」

ちなみにこっちの世界も七曜制だった。もしかしたらモヨモト達が作ったのかもしれないな、とテュールはどうでもいいことを考える。

「分かった。ししょーありがとう。これからよろしくお願いします」

「ハハ、まぁ組手の相手くらいはできるが、過度な期待はしないでくれな。なにはともあれよろしく」

そう言って手を差し出すテュール。

キョトンとした顔の後、ハッと気付きその手をぎゅっと握り返すレーベ。事案発生である。

（やかましいわ！）

そしてそのままレーベと別れ、テュールは帰路につく。

だが、この時忘れてはいけないのが、テュールは入試直前だということである。

（いや、しかし、入試直前のこんな時期にこの場面をアンフィス達に見られないでよかった。絶対にあいつらからかうからな……。そして、カグヤ達にも見られないでよかった。別にカグヤ達の中の誰かと恋人になっているわけもないのだから怒られるいわれもない……って、こんな考えを持っているから他の冒険者のおっさんどもからハーレム野郎死ねとか言われるんだな……。ッフ、うるせーこちとら三十と十五年間童貞じゃ！　ボケ！）

と、余計な思考に頭を占領されるが、ブンブンと頭を振って雑念を閉め出し、落ちたら殺されるであろう入試試験に向け、気持ちを引き締めるテュールであった。


そしてそれから数日間は試験勉強を詰めに詰めに詰め、試験当日の朝を迎える。

テュール達四人は試験会場であるハルモニアの校舎へと歩いて向かった。

ロディニア大陸一、つまりこの世界アルカディア一の学校と言われるこのハルモニアでは、一学年三百人に対し、三万という実に倍率百倍もの申し込みがある。

余談だがハルモニアの受験料は高めに設定されており、その受験料だけでその一年の黒字を出してしまうほどだ。なので、授業料は安い。最下級冒険者が三ヶ月で稼ぎきってしまうほどには。

入試資格は十五歳のみ、在籍期間は三年間、留年制度はなく、ついていけなくなれば即退学だ。

しかし、狭き門をくぐって入学した生徒の中にはついていけなくなる生徒というのはほとんどいない。但し十五という年齢は盗んだバイクで走り出したくなる年頃だ。バカをやって辞めさせられる生徒はチラホラいるみたいだ。

　そんなハルモニア校の入試会場についた四人は、受付を済ます。ちなみに三万人を一度に試験をするなど不可能なため、まずは十日程かけて体術、魔法の試験で人数を千五百名前後まで絞り、後日合格した者を一同に集めて筆記試験となる。

　四人は同時に申し込んだため日にちは一緒だった。しかし、十箇所に区切られた試験会場ではバラバラとなり、お互い最後の声援をかけあいそれぞれが試験会場へと向かう。

　テュールも自分の試験会場へと向かい、辿り着くと椅子が用意されているためそこに座る。どうやらここで順番を待つようだ。椅子は一列に長く並んでおり、前の方に三十人程座っているのが見える。

　時間がかかりそうだなと思いながらテュールが腰掛けると、すぐさま他の受験生がテュールの横に腰掛けてくる。そして――。

「やぁやぁ、お兄さん。緊張するねぇ！　いやぁ俺もう心臓バクバクでね。あ、俺はステップって言うんだけど、気軽にテップって呼んでくれ！　な！」

　全然緊張してない様子で赤毛のクルクルパーマ男がそう声をかけてくる。

「え、あ、あぁ、そうですね。緊張しますね。あ、俺の名前はテュールです」

　正直めんどくさいやつに絡まれたなぁとうんざりしたので会話をそこまでに留めようとするテュール。

「テュール君ね？　おっけー！　よし、テュール！　ここで出会ったのも何かの縁だ。お互いがんばろうじゃないか！」

君付けから呼び捨てになるまでが僅か一秒であった。

（おっけーの間に俺とお前の関係がどう変わったんだよ……）

心の中でツッコむがこれは関わっちゃいけないタイプだと悟ったテュールは、適当な相槌を打つ。

試験は魔法試験を行い、続けて体術試験を行うとのことだ。合わせて五分程で終わるのだが、テュールの前には三十人。三十人×五分は一五〇分。二時間半もこの男の隣にいるのか、そう思うとやや憂鬱《ゆううつ》な気持ちになるテュールであった。

そんなことはお構いなしにステップは話し続ける。どこから来たの？　なんでこの学校に？　将来は？　今彼女いるの？　なぁなぁ今並んでいる女の子の中なら誰がいい？　おっぱいは……etc、etc

そして二時間半――。

「でさ、そいつってば二股かけられてて、もうひとりのオトコと彼女が会っているとこに突入して、俺はなんだったんだよ！　って言ったらしいのよ！　そしたら彼女のほうが……う～ん、保険？だってさ！　もう一瞬で冷めて、お幸せにって言って帰ってきたらしいぜ。つか、俺の話だけどな!!　ダハハハ！」

「ダハハハ！　それマジでウケるわ！　てお前の話だったんかい！　で、向こうのオトコはどんな反応だったんだ？」

「お、俺も保険か？　俺も保険なのか⁉　って。そしたら彼女が保険はたくさんあった方が安心でしょ？　って言うもんだからそのオトコ愕然《がくぜん》として最高に間抜けな面だったぜ？　ま、女を乳だけで選ぶとろくなことないな！　ナハハハ！」

「仕方ないさ、おっぱいの前では俺達男は無力なんだ。理屈じゃない、あれだけは理屈じゃないんだ」

「そうだな。俺はいくつツライ恋を味わっても、おっぱいがそこにある限り歩みを止めることはないだろう」

「テップ――」

「テュール――」

ガシッ、熱く手を握り合う二人。

「次、三七四八二番の方どうぞー」

「あっ、俺だ。じゃあテップ必ずお互い受かろうぜ？」

「あぁ、もちろんだ。テュール。気合入れてな！」

そう言って、握りあった手のひらを拳に換えてコツンとぶつけ合う二人。

――めっちゃ仲良くなってた。

そしてテュールが試験会場の中に入ると、試験官が複数人座っており、一人が試験内容の説明を始める。

要約すると、的に対して魔法を放ち、その魔法陣の大きさ、コントロール、威力をみるとのこと。

この三ヶ月で冒険者や街の人の平均的な強さ、魔法のレベルは分かったが、ここの受験生のレベルはよくわからなかった。テップが詳しいようでさっきどのくらいまでが合格ラインで安全圏でトップクラスかというのを教えてくれた。

ハルモニアは一学年が三十人×十クラスで成績順に編成されるため、トップクラスの真ん中あたり十〜十五位あたりを狙いたかった。具体的な数字を教えてくれたテップには感謝だ。

そしてテップ曰くトップクラスに入るには直径五メートル以上の魔法陣を完璧にコントロールしてかつ七枚ある的を全て完全に消滅させるレベルらしい。流石ロディニア大陸一の学校だ、十五歳にして幻想級魔法を使える者がゴロゴロしているとは……とテュールは感心したものである。

五メートルでギリギリトップクラスなのだから、保険として八メートルくらいにしておこうとテュールは考え、受験番号、名前、挨拶を口にし、魔法陣を両手に連ねはじめる。

最短の的までおよそ三十メートル。そこから奥へと三次元的に不規則に並べられた七枚の的。

テュールの両手にあった魔法陣が一枚へと収束され八メートルの魔法陣となる。

テュールの魔法陣を見た試験官達がざわついている。

（む、どこか陣に間違いでもあったのだろうか？　いや、完璧なはずだ。魔力を通した感じも違和感はないしな、まぁいい）

そして、目の前の的に意識を切り替えテュールは七匹の属性の違う龍を――。

「ちょ、待っ――‼」

放つ――！　炎で、氷で、雷で、水で、土で、風で、闇で創られた龍を――。

距離がバラバラであるにも関わらず、その距離に対して速度を調整し、龍は同時に的を喰らい尽くす。

的が消滅したのを確認し、テュールが指をパチンと鳴らし、龍を霧散させる。コントロールも威力も申し分ないはずだ。

(ん？　そう言えば放つ直前何か声を掛けられた気が……)

「えと、何か言いましたか？」

「い、いや、大丈夫だ……。次は体術の試験だ……。あぁ……隣へ」

テュールは違和感を覚えたものの問いただすことはせず、はい、と返事をして体術試験場こちらと書かれたプレートに沿って歩く。

歩いている最中に考えたのは、魔法試験後にやたら試験官がこちらを窺うようにチラチラと見てきたこと、コソコソと話をしていたことだ。

もしかしたらあまり評価がよくないのかも知れないと不安になりはじめたテュールは体術試験こそは文句なしの成績を取ろうと気を引き締め直したのであった。

そんなことを考えている内に体術試験会場入り口と書かれたプレートまで辿り着く。テュールは両手で頬を打ち気合を入れてから入場する。

受験番号と名前を言った後、体術試験の説明が始まる。

体術試験は、現役Bランク以上の冒険者と一対一で戦うというもの。当然勝ち負けにしてしまうと冒険者のランクでの不公平さが出てしまうため、内容うんぬんを見極めるとのことだ。制限時間は五分。

ここでテュールはテップの言葉を思い出す。トップのクラスに入りたいのであればＡ、Ｂランクは圧倒する必要があり、ＡＡ、ＡＡＡなら勝利、Ｓランク以上とは引き分けにするレベルというのが目安とのこと。

テュールは十五歳でＳランク冒険者と渡り合えるヤツが三十人もいるのかと関心したものだ。ちなみにテップはＳＳランクまでなら三分で行けるかなー、と言っていた。ＳＳＳランクは苦戦するな、五分じゃ倒しきれないかも知れない、とのこと。いやぁ世界は広い、とこれまたテュールは感心したものだ。

そして試験官から一通り説明を聞いたところで対戦相手の冒険者を紹介される。だが、試験前に名前やランクは明かされないらしい。少しでも公平性を期すための措置らしい。

ここでテュールは考えた。恐らく魔法の試験の結果はあまり良くない。ということは体術で良い点数を取らなければトップのクラスが危うい。万が一の事態の場合アンフィス達にバカにされる、と。それだけは許せない。もしそうなればベリトに〝まさか私の主ともあろう方が執事よりも下のクラスだなんてヨヨヨヨ〟と言われるに決まっている。よし、ここは全力だ。どんな相手でも瞬殺だ、と。

そして目の前の冒険者を見定める。恐らく人族であろうと思われる。獣人や竜人、エルフの特徴はない。魔族か純龍はパッと見では判断できない。年は三十を過ぎたくらいであろうか、なかなかに貫禄があり、無精髭《ぶしょうひげ》も似合っている。

より深く観察していくとテュールは驚く。試験相手の冒険者の意識と意識の隙間がかなり狭い。反応速度や集中力は中級冒険者のそれではないだろう。佇《たたず》まいを見ても相当の手練だということが分かる……。

(だが、俺の相手ではないな)

調子にのるテュールであった。

さて、目の前の相手の見定めが終わったテュールは、軽く挨拶をし構える。相手との距離は十メートル程だ。

別の試験官が審判を務めるようで、両者の準備ができたのを見ると、開戦の合図を発する。

テュールの耳にはじめっ！　と聞こえた瞬間に相手の毛ほどの意識の隙間を突く。全力で後ろに回り込み、相手の膝の裏を片方ずつ素早く蹴り地面へと跪かせる。そして首を落としてしまわないよう注意しながら手刀を叩きこ——。

パシンっ。

「なっ！」

完全に決まったと思った瞬間に手刀を掴まれる。

「……ククク、ハハハハ!!　アーッハッハッハ!!」

そして突然笑い始めたのは試験官を務める冒険者。何が何だか分からずポカンと呆気にとられるテュール。

「ククク、喜べ、お前の体術試験は満点だ。たまにこういう面白いヤツに会えるからこの依頼はやめられねぇな。おい、お前ら見たか？　俺が跪かされたぞ？　この俺が、だ。十五のガキに、だ」

他の試験官はそれがどれだけ異常なことか分かっているらしく狼狽《うろた》えている。そんな様子を見ながら冒険者は言葉を続ける。

「お前らの中でこのガキの手刀が見えたヤツはいるか？　いねぇだろ？　俺らＳＳランク以上じゃなきゃ対処できないレベルの手刀だ」

試験官は理解の範疇《はんちゅう》を越えてしまったのか、唖然《あぜん》として周りの試験官をキョロキョロ見渡し、次の行動を起こせないでいる。

「ったく、情けねぇ連中だな。おい、ガキもうお前帰っていいぞ。体術試験はこれで終わりだ。俺の名前はカインという。人族の冒険者でランクはＳＳだ。クク、今日は楽しかったぜ。次は試験なんかじゃなく死合《やりあ》おうぜ」

クハハハと笑うバトルジャンキーがそこにはいた。テュールは、急展開について行けなかったがまぁ体術試験が満点ならいっか。と会場を後にするのであった。

（カイン？　誰があんなヤツに関わるかよ。大人の対応だ。大人の対応。適当な相槌な？　これ基本）

誰に呟くわけでもなく、二度と関わるまいと心に決め、テュールは帰宅する。

ちなみに合否の通知は一週間後に届くとのこと。テュール達はしばらくリバティで生活するため四人で一戸建てを借りて住んでおり、そちらに送られてくる手筈《てはず》になっている。

テュールは家に帰ると既にアンフィス、ヴァナル、ベリトも帰っており、どうだった？　と試験のできを確認し合う。

四人はトップのクラスに入り、尚且つ真ん中の順位という極めてタイトな場所を狙いたかったため細心の注意で試験に臨んだ。

何故だろう？　テュールが八メートルの魔法で成績が悪かったので体術の試験本気を出してSSランク冒険者を瞬殺して満点を貰ったという話をすると、アンフィス達三人はかなり呆れた目をしていた。そして――。

「はぁもういい寝よ寝よ。気を遣った俺らがバカだった」

「だねー。流石にこれはフォローできないねー」

「フフ、流石テュール様です。ですが、我々の苦労をあまり無下にするのはお止め下さいね？」

そう三人は言うと、試験の内容を誰一人言わず各々の自室に戻る。

困惑したテュールは叫ぶ。

「え？　なに？　どうゆうこと？　ねぇ？　え？　何かマズイの!?　ねぇマズイの!?　おーーーい!!」

しかし、シンと静まる家の中からは返事は何もなく、やや不貞腐《ふてくさ》れながらしぶしぶ自室に戻るテュールであった。

そしてあっという間に一週間は過ぎ、テュール達の住む家に四通の合否通知が届く。

「べ、ベリト、あ、開けてくれ……」

薄くね？　薄くね？　通知薄くね？　ヤバイ、不合格か？　と超絶チキっているテュールは透かして見ようとするところまではできたが怖くて開けられないでいた。

ベリトはいつもと変わらない調子で、はい、畏まりました。と封を開けていく。

そして取り出した内容を見ると、目を見開き〝驚愕！〟という表情をする。

どうだった？　どうだった？　とテュールがチラッと窺うようにベリトを見て尋ねる――が、ベリトは沈痛な表情を浮かべたまま、口を開かない。

そんなベリトを見たアンフィスとヴァナルもベリトの後ろに回り込み通知内容に目を通す。

「「…………」」

アンフィスとヴァナルは目を泳がせ、あぁー……とかうぅー……とか言い始め、狼狽えはじめる。

「え？　え？」

そんな三人の態度に急に不安が高まるテュール。嘘だろ？　なぁ嘘だろ？　ベリトの襟口《えりぐち》を掴んでガクガクと前後に揺らしながら絶望に染まっていくテュールの表情。

ポンッ。

いつの間にかテュールの後ろに回り込んだアンフィスとヴァナルが左右からそっと肩に手を置い

て優しく微笑む。その微笑みからはどんな時もいつまでも俺達は家族だ、という生暖かさが籠もっていた。

そして、遂に意を決した表情のベリトが長く息を吐いた後、テュールに告げる。

「テュール様、お気を確かに持ってよく聞いて下さい……。――合格です」

テュールは一瞬時が止まったように錯覚し、時が動き出してからは心臓の動悸が激しくなり、痛みすら覚えるようだ。

「すま、ん……。よく聞こえなかった……。もう一度言ってくれ……」

胸を押さえながらテュールが二度と聞きたくないであろう単語をもう一度言ってくれとベリトに指示する。

ベリトが一度ゆっくり目を閉じ、開く。そして一呼吸深く吸い込み吐き出してから言葉を紡ぐ。

「えぇ、ですから、その……、――合格です」

頭が理解をすることを拒んでいた。上手く単語を聞き取れない。

(俺が合格？　合格ってなんだ？　つまり受かっ……。受かってんじゃん)

「え？　受かってんじゃん」

「はい、ですから一次試験は合格ですよ。おめでとうございます」

ニコリと笑顔で拍手しながらベリトがそう告げる。

アンフィスとヴァナルも肩をバシバシと叩きながら、良かったなー。おめでとー。と祝ってくれる。

（あぁ～良かっ……。いや良くねぇよ）

「お前ら、あの態度はなんだ？　おい。どう見ても不合格パターンのリアクションじゃねぇか!!」

「先日おバカなことをされましたテュール様への意趣返しですよ。ドッキリってやつですね」

「だなー。ププ、テュールの青ざめていく顔なんて最高だったぜ？　ほら、化学で使うあの紙みたいでさ」

「あぁー、リトマス紙だねー。プププ、リトマス紙……プププ」

チラチラッ俺の顔を見ながら笑うヴァナル。

（一発殴ってもいいよな？　な？）

「はい、ちなみに私達三人も無事一次試験合格でした」

三人揃って笑顔でピースサインをする。喜ぶべきシーンなのに、今しがたドッキリを仕掛けられたテュールはこんな時どんな顔をすればいいか分からない。

「というわけでテュール様、無事一次試験を通ったわけですが、恐らく筆記試験も私達であれば満点近く取れるでしょう。しかし、テュール様は筆記試験――そうですね、七割ほどに抑えた方がいいでしょう」

もうドッキリなんて昔のことですよ、という風にさらっと流し、話を替えるベリト。そこに含まれるテュールへの進言。テュールは訝しげな目でベリトの言葉の続きを促す。

「と言うのも、魔術試験で八メートル級の魔法を行使、しかもテュール様ですからコントロールも威力も申し分なかったのでしょう。しかし、これはやりすぎです。ハルモニアのトップクラス、いわゆるSクラスですが、Sクラスに入るために必要な目安は一メートル前後の超級魔法です。入試時点で二メートルの幻想魔法級を使える生徒など数年に一人いるかいないかです。つまり魔術試験は満点で通っていると思って間違いないでしょう」

え？　キョトンとした顔になるテュール。魔術試験の結果は良くないと悩んでただけに目から鱗が落ちるような思いだ。

（魔術試験が満点……？　テップ……？　おい？　っく、あのお調子者め……、盛ったな？）

「はい、そして、体術試験もSSクラスの冒険者の方から満点を貰っています。テュール様、満点＋満点は何点でしょうか？」

ベリトが余計なことを考えていないのでこれからのことを考えて下さいと言わんばかりに強めの調子でテュールに問いかける。

「ま……満点」

「では、そこに筆記試験で満点を取るとさて何点になりますか？」

「ま……満点」

「はい、では全科目満点の方の順位は何位でしょうか？」

「い……一位です」

「よく出来ました。主席というラベルを貼られたまま三年間を過ごしたいのであればどうぞ筆記試験を満点で通過して下さい」

ニコリとベリトが笑ってそう言う。ハハハ……、乾いた笑いを浮かべたテュールは、すみません七割狙います。とベリトに頭を下げるのであった。


そして、それから五日が経ち、二次試験である筆記試験が始まる。

会場に着いたテュールは、赤毛パーマのお調子者テップことステップを探すが見当たらない。一五百人もいるため見落としたのかな、それとも不合格だったのかな、と折角仲良くなれた知り合いが見つからず残念に思いながらも気持ちを切り替え、指定された筆記試験の席へと着席する。

筆記試験の注意事項などの説明を受け、ようやく本番だ。

「開始！」

試験官の声が響く。一斉に試験用の冊子を開く音が重なり合う。テュールは問題文をゆっくりと読みながら筆を進める。

スラスラと問題を解いていくテュールは口元が釣り上がり、つい気色の悪い笑顔を浮かべてしまっていた。

(できる――――！　この問題ルチアゼミで見たことがあるやつだ！　解ける！　これも！　これもっ！　スゲー俺頭良くなってるんだ！)

日本にいた頃を懐かしく思いながらニヤニヤと問題を解いていくテュール。試験会場を歩いて周っている試験官からは、何だコイツっていう可哀想な目で見られたが幸いそれだけで済んだので気にしないことにする。

「そこまでっ！」

試験が終わりを告げられ、解答用紙を回収される。

試験後答え合わせを四人でしようとも思ったが、あの程度ならルチア達からの授業でも初級レベルだ。というかロディニア一の学校の入試試験を持ってしても簡単に思えてしまうルチアの勉強方法とはなんだったのか……。

（まぁいい。とにかく試験は終わったんだ。今日くらいは頭を空っぽにしよう）

テュールはそう考えると三人に声をかける。

「よし、試験の後は美味いものを食べる。これが俺の流儀だ！　よし美味いもの食べに行こうぜ！」

テュールの奢《おご》りなー。ありがとー。ありがとうございます。なぜかテュールが奢る流れになった。

（……まぁいいか、三ヶ月の冒険者稼業で飯代くらい出すことはできる）

頭を軽くかき、しょうがねぇなと返事をするテュールであった。


そしてリバティの街でそこそこの値段、そこそこの味という十五歳のテュール達が入りやすい店へと入り、打ち上げを行う。

食事が進み、酒も入り、四人とも上機嫌になってきている時にベリトが余計なことを言う。

「そうそう、テュール様解答用紙にきちんと名前は書きましたか？」

「――え？」

テュールは考える――。考える――。

（書いたよな？　書いたはずだ？　あれ？　書いたっけ？　いや、確か……。　あれ？　嘘？　いやいやいや書いた、書いた！　書ーいーた!!……よね？）

急に百面相を始めたテュールを見て、これまたアンフィスやヴァナルが笑いながらからかい、ベリトもテュールをイジることができご満悦の様子だ。

これで名前書いていなくて落とされていたらお前ら全員道連れにしてやる！　と喚いてしまうあたりが相変わらず器の小さいテュールであった。


そんな二次試験から五日が経った。

テュールはその間、冒険者稼業として小遣い稼ぎをしたり、アンフィス達と修行をしていたが気持ちはどこか上の空だった。

（名前書いたかなぁ？）

――そう、テュールはまだ名前を書いたか書いていないかを引きずっていた。

そんなテュールが本日のギルドでの依頼を終えて帰宅すると居間にアンフィス達三人がおり、重々しい空気で椅子に腰掛けている。

遂に、か……。そろそろだとは分かっていたためテュールも覚悟を決めて尋ねる。来たのか？と。

コクリ、無言で頷く三人。そしてベリトがスッと立ち上がり、足音をたてずに歩く。向かう先には一通の封筒があり、ベリトはそれを手にとる。その封筒をテュールの前まで持っていくと、どうしますか？　そう目で尋ねる。

テュールは、お前の手を煩《わずら》わせるまでもない。俺が自分で見よう——そう言わんばかりに目を閉じ、首を横に振った後、封筒を受け取るために手を伸ばす。

ベリトは恭《うやうや》しく頭を下げ、イエス・マイ・ロード、という手つきで封筒を手渡す。

テュールは封筒を受け取ると、手刀で封筒の上端を薙《な》ぐ。ハラリと落ちる封筒の上端。奈落を彷《ほう》彿《ふつ》とさせる封筒の口が開く。

空気が粘つき、ドロリと絡みつくように感じる。呼吸の仕方を忘れてしまったような……、そんな中でテュールはついにその封筒に手を差し込む。

「って、なんやねん！　この空気！　やりずらいわ！」

はいはい、見よ見よ。スパンっと中から通知を取り出し目を通すテュール。三人も音速で後ろに回り込み覗き込む。

そこには大きく合格の二文字とSクラス所属と書かれていた。

「い……」

「「「い？」」」

「いよっっしゃあああ!!　名前書き忘れてなかったーーーー!!　あぁ、もうこの五日間マジでストレスで胃痛かったわ。眠る前も書いたっけ、書いてないっけ、朝起きてすぐに、書いたっけ、書いてなかったっけ……。うぉおおお!!　ストレス解放っっ!!　ひゃっふーー!!」

喜ぶべきポイントが若干ズレてしまっているテュールであった。

「あー、そのテュール様、その件をまさかそこまで気にされるとは思っていませんでした。軽率な発言お許し下さい。何はともあれSクラス合格おめでとうございます」

おめでとー。おめでとー。アンフィスとヴァナルもそれに続く。

「あぁ、ありがとう。終わり良ければ全て良しだ。あぁー、気が抜けた……。って、お前たちはどうだったんだ？」

「えぇ私達も無事Sクラスへの入学が決まりましたよ。順位は私が十五位、アンフィスが十二位、ヴァナルが二十五位です」

（さ、流石ベリト、完璧に狙った所に着地していやがる……）

と、言ってもアンフィスとヴァナルもかなり器用に着地していた。

「ちなみにテュールは何位だったのー？」

ヴァナルが尋ねてくる。どこに書いてあるんだ？　ここ、ここ。そう言って二人で合格通知の下まで目を走らせる。

三位。

「あっぶねーーー!!」

テュールが叫ぶ。ジト目で見つめてくる三人。

（いや、筆記試験はカナリ手ヲ抜キマシタヨ？……ちょっとスラスラ解けちゃうから調子に乗って

しまったかも知れません。はい、すみません）

「そ、そうだ！　ベリト！　祝賀会の準備はできているのか！」

バツの悪くなったテュールは楽しい話題へと無理やりにシフトする。

「えぇ、それなのですが少し準備に手間取ってしまいまして、明日になってしまいそうです。今夜は英気を養って明日に備えていただけますか？」

合格かどうか――いや、名前を書いたかどうかが気になり、祝賀会の準備など今の今まですっぽり抜けていたテュールがベリトを責められるわけもない。

ベリトの言葉を了承し、その夜は慎《つつ》ましやかに夕食を取り眠るのであった。


――翌日。

（さーて、今夜は祝賀会だ。それまでは張り切って家の中をゴロゴロするぞ！）

と、昨日までの精神的疲労から解き放たれたテュールは、リビングでゴロゴロしようとし――。

「家の中の準備を整えるのでテュール様は邪魔です。どこぞへ遊びにいってきて下さい」

拒否を許さない笑顔でベリトにそう告げられ外に追い出されたのであった。

（仕方ない、たまには三人でのんびりするか）

と、ヴァナルとアンフィスを探すが見当たらない。

（どこへ行った……。ヤバイ、俺ぼっち）

転生前の嫌な記憶が――。ぶんぶん、頭を振り過去のことは頭のタンスに閉じ込め、気を取り直して暇そうな者を探す旅にと出る。

が、しかし、カグヤやセシリア、リリスにレフィー、一応弟子であるレーベまで捕まらず結局ぼっちなテュール。結局一人で街を彷徨うこととする。

(さーて、ギルドを冷やかそうかなぁー。孤児院に顔を出すのもいいな、いや、美人で巨乳のウェイトレスがいる喫茶店で――ハッ!? 殺気!?)

バッと後ろを振り返るテュール。当然そこに想像した少女の姿はなく、ホッとする。

(そりゃそうか……。いやしかし、巨乳で美人のウェイトレスさんはやめておこう。なんだかイヤな予感がする……)

テュールの第六感がそう告げているため、別のところへ行こうと考えたところで、小さな違和感を覚える。

(さっき、振り向いた時――おかしな挙動のヤツがいたな)

先程の場面を思い出す。急に振り向いた際、通行人の多くは驚いた。それはそうだ、目の前を歩いている人が急に振り返れば誰だって驚く。だが――。

(振り返るのを予想していた? いや、身構えていた? 咄嗟の反応にしちゃ、白々しすぎる驚き方だったよな……)

小汚い外套を纏《まと》い、フードを目深に被り、一瞬硬直した後、周囲に合わせて驚く男がいたことを視界の端でテュールは捉えていた。そして、もう一度振り返る。

「ビンゴ――」

振り向いた先には、既にその男の姿はなかった。

(俺を監視してたのか？　上等だ。逃げられると思うなよ？)

テュールはすぐさま建物の屋上へと飛び上がり、街を俯瞰《ふかん》する。

(いた)

いかにも怪しい風貌《ふうぼう》の男は、不自然にならないようゆっくりと、しかし、遮蔽物《しゃへいぶつ》が多く、入り組んだ路地を迷わずに進んでいた。

「あー。すみません」

テュールはすぐさま追跡し、後ろから声をかける。だが、男は全く聞こえていない様子で無視し、その歩みを速め――。

(って、全力疾走やん⁉)

なりふり構わず走り出していた。

(だが、その程度の速度で俺を巻けると思ったのなら甘すぎるな)

「はい、通行止めでーす。どうやら黒っぽいね。なんで俺を追けていた？」

逃げようとした男の前に立ちはだかるテュール。

「…………」

男は逃げられないと悟ったのだろう。刃渡り三十センチ程のナイフを二本――無言で両手に構える。

「問答無用かよ。まぁ、いい。先に仕掛けてきたのはそっちだぜ？　悪く思うなよ？」

何故かこういう場面になると三下のヤラレ役っぽいセリフを吐いてしまうテュールであった。

「――ッ!!」

外套の男が殺気を乗せ、両の手でその白刃を振るう――。

「え、弱っ？」

構えから予想していたが、予想以上に弱い刺客に戸惑うテュール。パシッパシッとナイフを受け止め、みぞおちへと膝を入れる――と、呆気なく白目を剥き、泡を吹く男。

（えぇぇぇぇぇー――。あっけなぁー――）

「えぇぇぇぇぇー――。あっけなぁー――」

つい、心の中の言葉が、口からも出てしまうテュールであった。

「まぁ、いいか。とりあえずお顔拝見っと」

テュールが、フードを手に掛けようとする。

「――ッ!?」

その瞬間膨大な魔力が渦巻き、魔法が発動される前兆を感じたテュールは慌てて飛び退く。そして、外套の男は――。

「消え……た？　何の魔法だ……？　転移？　消滅？」

一瞬にして、霧散した魔力は何の魔法かの痕跡も残さず、その場にはただ静寂だけが残った。

（うっわー、気味悪っ……）

一瞬その気味の悪さに鳥肌が立つテュール。周りを一通り調べてみるが、それ以上の追跡は難しいと判断し、その場を去る。

そして、その後は嫌な気分を払拭するため、とある喫茶店へと入る。

「いらっしゃいませ～♪」

そのたわわに揺れる白桃を眺めている内に、先程のことがどうでもよくなってしまうテュールであった。


（そろそろいいかな？）

夕方になり、混みはじめた所で退店し、家へと戻るテュール。

コンコン。

ノックをし、入ってもいいかと声をかける。どうぞ、決して大声を出しているわけではないのに扉越しにクリアに聞こえるベリトの声。それに応じドアを回し扉を開ける。

パンッパンッパンッ。

――誕生日、そして合格おめでとう！

クラッカーとともに五人の女性の声がテュールを出迎える。

「……へ？」

呆気にとられ棒立ちになるテュール。

（クラッカーなんてこっちの世界にあったのかぁ……）

と、ぼうっと考えているあたりテュールのポンコツさが伺える。

「……あー、ベリト、どういうことだ？」

とりあえず困った時のベリえもんに状況を説明してもらうことにした。それが今のテュールの精一杯である。

「どういうこともこういうことも見ての通りですが？　我々の合格祝いと明日誕生日であるテュール様のお祝いを行うのでご友人をお招きしただけですよ？」

「いや、あ、そうか。うん、わ、分かった。あ、ありがとう」

そして、突っ立ったままベリトと問答するテュールを見て待ちきれないのか、テューくん早くこっちに来るのだ、とリリスが右手を掴み引っ張る。同時にしましょーこっち、とレーベが左手を引っ張る。

まだあまり思考回路が正常ではないが、とりあえず二人に引かれるまま居間のテーブルの前まで歩く。流石に人数分の椅子はないため立食形式で食事を行うみたいだ。

テーブルの上には色鮮やかで豪華な食事が所狭しと並んでおり、それを見たテュールは、美味そうだなと誰に言うわけでもなく呟く。その言葉を耳にしたカグヤが私も作ったんだよ？　と胸を張ってアピールしてくる。

「あぁ、本当に美味そうだ、ありがとう」

テュールが礼を言うと――。

「私も手伝ったのだ！」

とリリスが目を輝かせて言ってくる。尻尾がついていたらものすごい振っているんだろうなぁなんてテュールは考えニヤけながらありがとうと言い、ついつい頭を撫でる。

「ししょー、私も手伝った」

そして、リリスの横にちょこんと立っており、撫でて欲しそうな上目遣いで小さくアピールしてくるのは弟子のレーベ。ありがとな、そう言ってレーベの頭も撫でる。するとレーベは猫みたいに目を細めて喜ぶ。

（うむロリっ子二人は癒されるな）

そんなことを思いながらリリスとレーベと戯《たわむ》れていると――。

「テュールさん！　テュールさん！　私も手伝いました！」

撫で撫でチャーンス！　と後ろからテロップが浮き出てきそうなほどに期待した眼差しでそう宣言するセシリア。

テュールはやれやれといった調子でセシリアの頭をぽんぽんと撫で、ありがとうと言う。パァーっと花開くように笑顔になるセシリア。

「むぅ。ちなみに今回の料理長は私だからねっ？」

カグヤのその言葉に、テュールは吹き出し――。

「あぁ、ありがとう」

そう言ってカグヤの頭をそっと撫でる。こうして四人の少女の頭を撫で終わった時にハッ⁉　ふと、視線を感じ気配を辿ると――。

ニコニコ。満面の笑みの執事がいた。

（グッ……。恥ずかしい。いや、だが、しかし、ぐぅ……）

まるで彼女とイチャイチャしているところを母親に見られた時のような気恥ずかしさを覚えるテュール。

そして一人我関せずな龍族の少女レフィーに目を向けてみると――私に話を振るなよ？　という目で睨んでくる。

（フリだな？　フリだな？）

目で確認するテュール。

――違う！　止めろ！

目と首で必死に抵抗するレフィー。

（んむ、分かっている。分かっている）

「レフィーも今日来てくれたんだね。ありがとう」

レフィーの必死の抵抗を無視して爽やかに挨拶をするテュール。その瞳の中の言葉は、逃さないぞ、お前も巻き込まれろ、だ。

「あぁ、テュール達には世話になっているからな。祝い事の誘いがあれば来るさ。まぁ私は料理には一切関与していないがな」

ニコリと笑顔でそう返すレフィー。

「いやいや来てくれるだけで十分だよ。さぁ今日はお互い楽しもうじゃないか」

アハハ、フフフ、見つめ合い笑い声を上げる二人だったが、両者とも目が笑っていないため中々に不気味だ。しかし、それを見たリリスはなんか仲良さそうなのだ！　ずるいのだ！　とプリプリ怒りながらテュールの脇腹辺りをぽこぽこ叩いてくる。

（いや、仲良いとかそんなんじゃないぞ？）

レーベはレーベでレフィーの横に立ち、なぜか一緒になってテュールを睨み始める。

（な、なんだんだ？　ロリっ子達は何がしたいんだ……？）

そして、その空気に触れずにすむ絶妙な位置でベリトは相変わらず微笑をたたえている。流石完璧執事だ。距離感が神がかっている。

そんなベリトを見て、思い出したかのようにアンフィスとヴァナルの所在を尋ねるテュール。

「そう言えば、ヴァナルとアンフィスはどこに行ってるんだ？」

「あぁ、二人でしたら――」

コンコン。

「噂をすれば……ですね、どうぞ」

ベリトが扉の向こう側へ言葉を投げる。

そしてガチャリと扉が開き――。

「「ただいまー」」

アンフィスとヴァナルがやや気怠そうな声で帰宅を知らせる。

そして、アンフィスとヴァナルの後ろから、邪魔するよという声がし人影が家の中に雪崩《なだれ》こんでくる。

「ホホ、ここがテュール達の家か、いい所に住んどるのぅ」

「ガハハハ!! うむ、だがちと狭いな!! まぁ学生には丁度良いか、ガハハハ!!」

「そうだよー、あまり若い内から贅沢を覚えると良くないからね～」

「おや、珍しくツェペシュがじじくさい事を言いよったさね、カカカ」

「まったく賑やかだな。我みたいに一度岩山に住んでみればいい。どこでも住み心地が良く思えるぞ、フハハハハ」

五人は口々に家の感想を言いながら、勝手知ったる様子でリビングへと入ってくる。

テュールは驚いた顔を見せるがすぐに笑顔になり――。

「なんだ、ヴァナル、アンフィス、モヨモト達を連れに行ってくれてたのかー！　久しぶりだね。こっちは元気だったけど、そっちもみんな変わりない？」

久しぶりの家族の再会に声の調子が跳ね上がるのであった。

そんな光景をみて、口をパクパクしている者が五人いる。テュールはそんな少女たち五人を見て、疑問に思う。

（どうしたんだ？　みんな金魚みたいになって……、レフィーまで……ププ。あとでからかってやろう）

テュールが見つめる先には金魚状態のまま時間が止まってしまった少女五人。

そして、そんな五人の少女を見つめながら五人の師匠たちは小さく笑う。そして一言――

――大きくなったな。

そう言うと五人の少女が五人の師匠の元へ駆けていく。

カグヤはモヨモト、セシリアはルチア、リリスはツェペシュ、レーベはリオン、レフィーはファフニールの元へ――。

「って、えぇぇぇぇえええっっ⁉」

急展開に今度はテューールが金魚になる番であった。

しかし、隣ではうんうん、と頷きながらさもこの光景を当然のように受け入れているアンフィス、ベリト、ヴァナルの三人。

（ハハ……、いつだって世界は俺を置いてきぼりにして勝手に回っていくんだ、イジイジ……）

とテューールがスネている間にそれぞれが再会の挨拶を交わす。

「ホホ、カグヤ大きゅうなったのー、最後にあった時はこんなんだったろうに」

そう言ってモヨモトが親指と人差指を少し離しおどけたように言う。

「お祖父様、私は親指姫ではありませんよ？　それで？　一体どこをほっつき歩いていたんですか？」

笑顔のカグヤに対してたじたじなモヨモト。

「ってお祖父様⁉」

あまりの衝撃の事実についつい声を大にしてツッコンでしまうテューール。

「おやセシリア、久しいね。どうさね？　少しはお転婆が直ったかい？」

カカカと笑いながらルチア。

「もうお祖母様ったら！　今ではすっかり淑女ですわ。本当に……、本当にお久しぶりです――」

笑いながら泣くセシリア。

ルチアが優しく微笑み頭を撫でる。泣き虫なのは変わらないさね、カカカ。涙が止まらないセシリアを楽しそうに笑い飛ばす。

「って、こっちはお祖母様っ⁉　ってことは……」

テュールはずらっと並んだ少女と師匠たちを見比べる。

「ツェペじぃ！　リリスおっきくなったのだ！」

リリスはそう言うとツェペシュの胸にダイブする。

「ふふ、そうだね～、少し見ない間に随分と大きくなってお母さんに似てきたね～。将来が楽しみだよー。アハハハー」

と言いながらクルクル回り出すツェペシュとリリス。

「おじーさま……」

一言そう呟き、射殺さんばかりの視線を叩きつけるレーベ。

お祖父様と呼ばれた獣人はその視線を真っ向から受け止め、ニヤリと口を釣り上る――。

「いい目だレーベ」

そして、一言そういうと構えを取る。

レーベは目を閉じ、一つ深呼吸をする。吐ききると同時に目を見開く――!!

床材を踏み抜く程の脚力を持ってレーベはリオンへと駆ける。一撃――自分の全てを受け止めて貰えるという絶大な信頼のもと繰り出す後先を考えない一撃がリオンの頬へと突き刺さる。

リオンの上半身は仰け反り、首の筋肉は目一杯引き伸ばされ顔が明後日の方を向く。口からは一筋の血が流れるがそんなことなど一切構うことなくリオンはニヤリと笑い、襲撃者を両手でひょいと持ち上げ、目線を同じくして声をかける。

「――いい一撃だ。獅子族の名に恥じない魂の籠もった一発だったぞ。強くなったな、レーベ」

「――っ！　おじーさまっ！」

たまらずリオンの顔に抱きつくレーベ。

そして最後は――。

「久しいなレフィー。息災であったか？」

「はい、お祖父様、この通り元気にやっております」

「ふむ、そうか……。どうやら成龍になもなれたようだな。随分早いがその際は大丈夫であったか？」

「テュールたちに助けていただき事なきを得ました」

と、ファフィニールとレフィーはものスゴく堅苦しく再会の挨拶をしている。

そして、レフィーはファフニールに尋ねる。

「その……、アンフィス様は―」

「あぁ、そうだ、我の末の息子だ」

何でもないようにファフニールが答える。それを一緒に聞いていたアンフィスは頭を掻き――。

「まぁそういうこった。だが、あまり気にしないでくれ。今まで通りテュールの兄弟のアンフィスだと思って気軽に接してくれ」

そうレフィーに答える。そして、一通り感動の再会シーンを見終わったテュールは再起動する。

（ん？　ファフニールの孫のレフィー。ファフニールの子供のアンフィス。え、つまりアンフィスはレフィーの叔父？　え、あいつ同い年なのに叔父さんなの？　プププ、これはいいネタが出来た……）

「って、そんなんどうでもいいわ！　急に情報量多くて混乱するわ!!」

やはり再起動できずエラー吐きまくりのテュールであった。

「ん、なんだいテュール？　あたしらがイルデパン島から生えてきたとでも思ってたのかい？　そりゃあたし達だってあの島に来るまではこっちの大陸にいたさね。それに、これだけ人生長けりゃ色々あるもんさ、ほれこの子達が生まれたって時にはあたし達も見に行ってたのは知って……、まぁ教えてはなかったかも知れないね」

（あぁ、俺が五歳くらいまではたまに家を空けてたな……。てっきり、日用品の補充だと思ってたけどちょいちょい孫の顔見に行ってたのか……）

そう言えばとそんなことを思い出すテュール。

「ホホ、まぁ積もる話しもあるじゃろうが、折角の祝いの席じゃ、食べて呑みながらゆっくり語らえばええじゃろ？　のぅ？」

　みんなにそう説くモヨモト。そうですね、お祖父様、積もる話しもありますからね？　ニコリと笑うカグヤ。

（……スマン、モヨモト、俺も修行を積んで強くなったつもりでいたがカグヤには勝てないんだ……。自分でなんとかしてくれ）

　助けを求めてくるモヨモトの視線を断ち切り、そう言外に返すテュールであった。

「さぁさぁ、皆様玄関の前では何でしょうからこちらへ」

　ベリトがそう言い中へと案内する。元日本人で東京に住んでいたテュールからすれば十分に広い家であったが、やはり十六人も入るとかなり狭く感じる。十六人の内訳はテュール達四人、師匠達五人、少女達五人、そして、先程喚んだ幻獣界の王、神獣フェンリルと、魔界の王、王級悪魔バエルだ。

　それぞれがグラスを持ち、モヨモトが乾杯の音頭をとり、グラスを打ち付ける音が響き渡る。

　当然、ここまで個性豊かな十六人が集まって和気藹々の平和な祝賀会になろうわけもない。

　さぁ、真理の扉は開かれた。始めようではないか——混沌の饗宴《ケイオス・サバト》を。

「かんぱーい！」

　この場には十五歳未満はいないため、全員が酒を片手に乾杯をする。

　ぷはーっ、魔法で冷やしたキンキンのビールをテュールが一気にあおり、飲み干す。

　ゴトン、ゴン！　ゴン！　グラスをテーブルに置く。

（さて、モヨモト達に何がどうなっているのか聞かなきゃな）

そう思いながらテュールは目を開ける。

――この間十秒。

乾杯という発声から腰に手をあて天井を仰ぎ、目を瞑って五臓六腑にビールを染み渡らせる。余韻を楽しんだ後、気持ちを切り替えてそっと目を開けた。ここまでが十秒ということだ。

その僅か十秒で既に場は混沌と化していた。

（あ、ありのまま今起こったことを話すぜ？　酒を飲んでいたら目の前に屍が二体出来あがっていた。催眠術とか超スピードとかそんなチャチなもんじゃねぇ、というより超スピードで催眠術かけられて倒されたっていう方がまだ説得力があるな……）

とにかくテュールが目を開けたときには、リリスとレーベの屍が出来あがっていた。先程のゴン！　ゴン！　はどうやらグラスを置いた音ではないらしい。グラスを片手に持ったまま額をテーブルに打ち付けている二人から予想されるには、だが。

そんなレーベに対しリオンは、レーベ！　獅子族は酒ごときに負けてはならんぞ！　ほれ起きろ！　飲め！　とまさかの追加の酒を強要している。

（知ってるか？　それアルコールハラスメントって言うんだぞ？　あんた元日本人なら知ってるだろ……）

冷ややかな目で幼女に酒を飲まそうとするリオンを見つめる。

一方ツェペシュはそっとリリスをソファーに運びタオルケットを掛け休ませている。各家庭で教育方針に大きな違いがあることがよく分かる絵だ。

ムクリ、レーベが起きた。ゴクゴク――目の前の酒を飲まされ……ゴン！　ダウンする。リオンが再び、負けるなレーベ！　飲むんだ！　と喚いている。ごべはぅあっ!!　そんなことをしていれば当然ルチアに殴られる。

そして、ルチアによってレーベは回収され、二つ目の屍安置所《ソファー》で寝かされる。ロリっ子達二人は開始十秒でログアウトとなった。

「フフ、リリスちゃんとレーベちゃんにはまだ少し早かったみたいですね～」

少し頬が赤く染まったセシリアがそんなことを言う。

「そうだね。お酒は飲んでも飲まれるな。自制しなきゃねー？」

ねー？　とカグヤとセシリアが少し上機嫌になりながらそんな話をしている。

（俺これ知ってる、フラグってやつだ。止めなきゃ……）

と、テュールが考え、動き出そうとした所でリオンが近くへやって来る。

「ガハハハ!!　おい、テュール聞いたぞ？　お前うちのカワイイ孫娘の師匠になったみたいじゃねぇか？　ん？」

「あ、あぁ、まぁ成り行きでね？」

「そうか、そうか、ついこの前まで鼻垂らしていたお前が師匠か？　偉くなったもんだな？　うちのレーベの師匠名乗りたいんなら俺に酒で勝ってから言えぃ!!」

どうやら孫娘がダウンし、暇になったので絡みにきたようだ。仕方なくテュールは相手をすることにする。

成り行きとは言え、了承したからには責任は持つ。やってやろうじゃねぇかとリオンを睨みつけ戦闘態勢をとるテュール。そこに――。

「テュール、我も混ぜてもらおうか。なにやらうちのレフィーが、不幸な事故とは言え貴様から何かしらの辱めを受けた、とそう言うのだよ。これが事実だった場合我も龍族の誇りを賭けて戦わねばならないのだが？」

ギロッとテュールを睨むファフニール。そしてファフニールの背中には計　画　通　り　と言わんばかりにニヤリと笑顔を浮かべるレフィーがいた。

（あんにゃろう、さっきの仕返しだな！）

レフィーを睨むテュールであるが、眼前のおっさんがそれをさせない。

「どうなんだね？　ん？　ん？」

と距離を詰めてくるファフニール。

（威圧感ハンパないんすけど……）

「え、えと、不幸な事故で……、そういったことがあったような……、なか……」

「あったんだね？」

「……はい」

「よろしい、これは聖戦《ジ・ハード》だ。我とお前の全存在を賭けて戦おうではないか」

テュールの目の前にマッチョが二人ニヤリと笑って酒を構える。

（え？　折角の祝賀会なのにこんなむさ苦しいの二人と飲むの？……ッチ、こうなったらヤケだ。この二人を潰してから楽しむ！）

そう思ってた時期がテュールにもありました。

一時間後――。

「あかん……、無理、マジで無理……、ごめんなさい、ごめんなさい、許して下さい。主人公最強とか言ってごめんなさい、うぷっ」

「ガハハハ!!　情けないな！　テュール!!　そんなんじゃうちの孫娘はお前に預けられんぞ!!　ガハハハ!!」

「フハハハ!!　この程度で済むと思うな若造!!　うちの孫娘を辱めた罰しっかりと思い知らせてくれるわ!!　ヌハハハ!!」

何杯飲んだろうか。テュールは転生してから酒にも強くなっていたためどんなに飲んでもほろ酔いだと過信していたが、限界はあったのだ。

（三人で樽を一つ空ける？　アホなの？　ねぇ、アホなの？）

マッチョ二人はテュールをイジって満足したのか次はアンフィスとレフィーに絡みに行った。

（アンフィス、俺の仇を取ってくれ、そのマッチョ二人とついでにレフィーも沈めてくれ）

そう心の中でエールを送り、視線を切る。

そんなテュールの視界の端ではベリトとバエルが忙しなく、しかし落ち着き払った動作という一見矛盾した動きで場を切り盛りしている。執事の仕事の隙間でツェペシュと一緒にのんびり周りを眺めて食事をとりながら楽しんでいる。

（あのポジションうらやましいな……。はっ!! 執事見てる場合じゃねぇ!! セシリアとカグヤは
――!?）

執事の華麗な動きぶりに気を取られていたが、本来気を回さなければならないところはそこではない。急いでカグヤとセシリアの様子を窺うテュール。

「ウフフフ、あれ？ お祖母様が三人います？ あらあらお祖母様そんなクルクル回ったら危ないですよ～？ ウフフフ」

目の焦点があっていないセシリアがウフフフ言いながらルチアに話しかけている。ルチアは無視して酒を飲んでいる。

「あれ？ お祖母様がお話を聞いてくれません……。私はダメな子なんでしょうか？ ダメな子なんでしょうか……、うっ、うぅ」

ポロポロ泣き始めるセシリア。無視するお祖母様。

（セシリアは手遅れか……。つーか、お祖母様相手してやれよ……）

既に酔っ払いと化していたセシリアは諦め、一縷《いちる》の望みをかけカグヤへと視線を向ける。

そこには――。

「お祖父様聞いてるんれすか!? あなたはまっらく何も告げずに一体ろこに、ヒック、行ってらんですか！ お父様とお母様、お兄様がろれだけ、ろれだけ心配してたか！ わかってるんれすか!!」

モヨモトに物凄い勢いで絡んでいた。モヨモトはホホ、と言いながら左右に助けを求めるも全員から完全に無視されている。ヴァナルが面白がってカグヤにお酒《ガソリン》を注ぎ足している。

（こっちもかーい！　てか、おい、そこのバカ犬やめてやれ）

そして、そんな悪ふざけ大好きなバカ犬の父親神獣王フェンリルは——寝ていた。神の獣の王と書く存在がすぴーすぴー言いながら床で寝ていた。何故だろう、テュールは少し癒やされた。

こうして、事情を聞くこともできず、お祝いムードもなにもあったもんじゃない饗宴《サバト》は続く——。


そして飲み会は進み、酔いが回って思考が霞がかってきたテュールはソファーの方で少し休もうとする。

そんなテュールがソファーの方へ歩いていくと、ムクリ、リリスが起き上がりキョロキョロ周りを見渡す。テュールと目が合うと、ちょいちょい、こっちへ来いとのハンドサインだ。

元々ソファーで休むつもりだったテュールはリリスの前まで歩いていく。ポンポン、ソファーを叩くリリス。どうやらココへ座れとのことらしい。指示された通り座るテュール。むふー、と笑顔になり、パタンとテュールの膝に倒れこみテュールの膝枕で再度寝始めるリリス。

（フッ、こんな酔い方ならカワイイもんだ）

酔いが回っているテュールは膝の上で寝ているリリスを見ていると眠気を誘われ——。

（このまま寝ちゃうか）

と目を閉じた時に、セシリアの声が耳に届く。

「テュールさ～んっ、うぅ……、テュールさ～ん、私はいらない子ですかぁ～？　テュールさんまでいなくなっちゃうんですか～……うぅ」

泣きながらフラフラとこちらへ近付いてくるセシリア。そしてリリスと反対側——テュールの隣へトスンと座り、しなだれかかってくる。

「ちょ、セシリアさーん？　その、ちょいと近くありませんか？」

酔っ払った頭の中に残っている理性を総動員してセシリアを離そうとするテュール。しかし、これが悪手だった。そんな言葉と態度にセシリアが——。

「やっぱり……！　やっぱりテュールさんも私がいらないんですねっ……！　うぅ……お願いです、行かないで下さい、私を捨てないでください！　イヤです、イヤです！　うぅ……」

テュールに密着し、ギュッと腕を抱え込み、泣きついてくるセシリア。

（や、やはり凶悪すぎる!!　多くは語らないが、色々と柔らかいです……）

酔っ払った頭で強い抵抗もできず、状況に流されるテュール。

（ッハ!?　この世界では危険を察知できないノロマから死んでいく……。殺気だ。紛れもない殺気だ）

「てゅーるくんっ♪」

ギギギギと油の切れたブリキロボットよろしくな動きで振り返るテュール——。

ひっくっ、ひっくっ、という鳴き声を発する顔を真っ赤にした大魔王が笑顔で立っていた。

大魔王はつかつかとソファーを回り込み、テュールの真正面に立つ。座っているテュールはそんな大魔王を見上げる形となる。

「いいれすか！　私はずーーーっと前から言いらららっらんれす!!　てゅーるくんは女の子にでれでれでれでれでれしすぎれすっ!!　ひっくっ」

左には太ももの上で外界での事象を全てシャットアウトできるほど深く幸せそうに眠るリリス。

右には腕を抱え込んだままテュールさん捨てないでください……、と、うわ言を繰り返しながら半分眠りについているセシリア。

目の前には絡み酒の大魔王。

（だ、誰か助けて……）

辺りを見渡し助けを求めようとするが、残念ながらそれは叶いそうになかった。

「聞いてるんれすか!!」

グイッと顔を近づけてくるカグヤ。

「近い、近い、近い、近い!!」

鼻と鼻が触れそうな距離だ。もともとソファーの背もたれによりかかっていたテュールはそれ以上逃げようがない。

「ほかのみんなにはでれでれして、わたしがちかづくのはイヤなんれすか!?」

「ちょちょちょちょちょちょ!!　危ない危ない、これ以上はマジで危ない!!　ちょ、誰かー!!　へーるぷ!!　へーるぷみー!!」

首を限界まで後ろに回して叫ぶがレフィーと男どもはこちらに背を向け、無視を決め込んでいる。飲むペースを落としてのんびりと食事をつまみながら談笑している皆を見ていると、まるで向こうがテレビの中の出来事のようだ。

グイッ。

「いだっ」

後ろを振り向いて現実の世界から逃げ出していたテュールの顔を両手で挟み、真正面に戻すカグヤ。目が据わっている。

（あ、これアカンやつや）

何故か関西弁でそうツッコミ、現実から逃げたくなるテュール。

「おしおきれす！　悪い子にはおしおきが必要なんれす!!」

両手で頬を挟んだままテュールに近付いていくカグヤ――。

（おい？……おい？　待て待て待て、まずい、流石にこれはまずいって！）

あまりの状況に思考回路がショート寸前になり、近付いてくるカグヤをどこか他人事のように眺めたまま身体が硬直するテュール。

「待っ――んんっ――！」

最後の力を振り絞り制止の言葉をかけようとしたテュールはそのまま言葉を塞がれる。

そしてカグヤは、おしおきれす……と、小さく呟くとそのままテュールの足の間にズルズルと膝をつき、胸に顔をうずめて寝始めてしまった。

テュールは自分の唇に一度指で触れ、真正面から抱きついたまま眠る少女の唇を見つめて思考回路がショートし、もうどうにでもなーれ、とあまりの非現実的な状況に意識を手放すのであった……。

「おはようございます。おや、お三方とも頭を抱えてどうされたのですか？」

朝食を準備しながらベリトがお三方に声をかける。

朝からリビングの椅子に腰掛け、テーブルに肘をつき、頭を抱える三人。そう、テュール、カグヤ、セシリアだ。

「頭痛ぇ、頭痛ぇよ、つか、きもぢわる゛い゛……」

「覚えていない、私は覚えていない、昨日の私は私じゃない。私以外私じゃないの？　いや違う私じゃない」

「恥ずかしい……、あんなに取り乱してしまうなんて……、私ったら……、お祖母様ごめんなさい、私淑女になんてなれていませんでした……」

それぞれ頭を抱えながらブツブツ言っている。一名は身体に重度のダメージを負い、残る二名は精神に重度のダメージを受けていた。

「おっはよーなのだ！　どうしたのだ？　三人とも？」

「おはよー。ん？」

リリスとレーベがケロっとした様子で現れ、不思議そうに顔を見合わせる。それはそうだ、ログアウトするのが早かった分受けたダメージも少ない、身体的にも精神的も。

「まったく酒に飲まれて前後不覚になるとは情けないな……」

うっ、少女たち五人の中で唯一無傷で最後まで飲み続けたレフィーの言葉にお三方はぐぅの音も出なかった。そんなレフィーの後ろから――。

「「ゆうべはお楽しみでしたね」」

ニヤニヤしながらアンフィスとヴァナルが現れる。口を開くのも億劫《おっくう》なテュールは手でシッシと追い払う。それを無視して椅子に腰掛けるアンフィスとヴァナル。

それから数分で朝食の準備が終わり、ベリトがテーブルへ食事を並べる。師匠たちは早くから出かけたようで朝食の場にはいなかった。そして、三人はほとんど食事が喉を通らず青い顔をしたままだった。

食事を終えると各自帰宅を始める。

「また来るのだー！」

「ししょー、また来る」

「では、またな」

リリス、レーベ、レフィーの三人が挨拶とともに出ていく。

それを見届けた後、……帰ろっか。えぇ、そうしましょう。とノロノロ準備を始めるカグヤとセシリア。

そして帰宅の準備を終えた二人が最後にお互いを見つめ、忘れよ？　えぇ忘れましょう。力なく頷きあってから外へ踏み出すのであった。

残されたテュールは明日の入学式休みにならないかなぁ、なんてことを思いながらソファーで呻き続けるのであった――。

エピローグ

ギィ――。

ギルドの扉を開け、我が物顔で入っていく五人。だが、しかし、誰もそれに注目することはない。

「ホホ、邪魔するぞぃ」

受付嬢に一言そう言い、そのまま奥へ奥へと進んでいく。話しかけられた受付嬢は、首をかしげ、混乱している様子であった。

コンコンッ。

一番奥の部屋。他の部屋とは扉の重厚さが違うその部屋に、相手の返事を待たずに入るモヨモト達。

「これは、これは、お久しぶりです。先代方お元気そうで」

「ホ、良かった。おんしまでわしらを知覚できなんだらどうしようかとヒヤヒヤしたぞ」

「そうさね、ちょいとギルドの連中はたるんでるんじゃないかい？　一人くらい気付いてもいいだろう」

五人は扉を閉めるとお説教モードとなり口々に目の前の相手――ギルドマスターに苦言を呈《てい》す。

「ハハ、面目ない。いや、しかし元ＳＳＳランカーの先代達が本気で認識阻害をかけて気付ける者など今のこの世界で二十人……いえ、十人いるかどうかですよ？」

慌てたような様子で、ギルドマスターがそう言い繕う。

「それで、こちらに来たということは――」

モヨモト達の隠遁生活《いんとんせいかつ》、つまり世間では死んだことにし、ラグナロクを欺《あざむ》いてサタナエルを封印していたことが片付いたのか、それを言葉にせず問うギルドマスター。

「あぁ、終わったぜ。そして、ここに来たのは当然、報告だけじゃねぇ。これからの話しだ」

リオンが一歩前に出てギルドマスターにそう返す。

「……そうですね。事態はあまり喜ばしくない方向へ進んでいます。先代達には既に伝わっているとは思いますが、聖女が選ばれてしまいました。幸いまだ一人ですがね。ですが、こちらの調べではかなりの格を持っていると……」

「……どのくらいだ」

「上位位階の器となり得るかと……」

――っ。

五人はその言葉に息を呑む。上位位階。サタナエルから引き出した情報によると位階付きの天使は十三人。そして、七位以下を下位位階、六位以上を上位位階と呼ぶ。

「そいつぁ、厄介だな……。ラグナロクの準備はどこまで進んでいるんだ？」

「そこまではまだ追えていないんです。儀式を行う場所も、生贄の数や手配方法なども……。本当に隠れるのが上手く、また、こちらもあまり大きく動けないのです」

「草か……」

コクリ。無言で頷くギルドマスター。

草——所謂内通者である。ラグナロクは歴史が古く、全世界のいたるところにスパイとして潜んでいるため、大きく動けない、そうギルドマスターは言っている。

「厄介じゃのう。じゃが、泣き言は言ってられんぞ。なんとしてでも燻り出し、天使召喚などというバカげた行為はさせてはならん」

険しい表情でそう宣言するモヨモト。

「当然です。引き続き情報を集めます。あ、それとお孫さんたちの件ですが、護衛をつけておきました」

その言葉で先程までの緊迫した空気は弛緩し、顔を見合わせる五人。

「まぁ、わしの弟子達がついているからそうそう心配することもないじゃろうが……。ホホ、感謝する。ちなみに誰をつけたんじゃ？」

「おや、珍しい。弟子をとったんですね？　先代達の弟子を名乗るのだからとても強いんでしょうね。あぁ、護衛につけたのは人族ＳＳＳクラスの冒険者です。お会いしたことは——」

首を横に振る五人。

「今度ご紹介しますね。それで先代達の今後の振る舞い方についての相談ですが——」

そして、今後の方針を話し合う師匠陣五人とギルドマスター。

一方、その頃――。

「集まったか。では、会議を始めるとしよう」

暗い部屋の中に様々な表情の仮面をつけた者が九人、円卓に腰掛けている。照らす光は薄ぼんやりした灯籠《とうろう》のみで、お互いの顔すら見えない――にもかかわらず仮面をつけているのだ。

「さて、今回の議題は、もう耳に入ってる者もいるだろう？　あの老いぼれども、五輝星《ごきせい》がリバティへ戻ってきた」

……。

先程会議進行をしていた男、仮面に小さく1と書かれている男が皆に話しかける。昨日の今日の情報だと言うのに、他の仮面の者達は皆驚く様子はない。独自のルートで各々情報を集めているのであろう。

「つーことは、だ。サタナエルの野郎は、逝っちまったのか？」

3と仮面に書かれた者が口を開く。

「でしょーね。キャハ、ま、所詮四位でしょ？　どうでもよくなーい？」

2と仮面に書かれた者が口を開く。

「まぁ、サタナエルのことはひとまず置いておくとしよう。既にヤツは廃棄とみなしている。計算には入れてない。だが、しかしあの老いぼれどもが生きているとなると多少厄介だ」

1と仮面に書かれた者が脱線した話を戻し、最初の議題である五輝星――モヨモト達の対処に切り替える。

「んー、まぁヤツラには散々煮え湯を飲まされたからな。やり返すって意味でも俺ぁ大歓迎だけどな。つーわけで、孫がいたろ？　あいつら攫って、人質にして呼び出して殺そうぜー？　ま、当然嬲《なぶ》ったあとだけどな、ハハハハッ！」

3と仮面に書かれた者が笑いながら提案する。しかし、言葉には妙な威圧感があり、冗談でなく本気であることがうかがわれる。

「はぁー、あんたバカァ？　あのビッチどもの護衛知ってるでしょー？　禁眼《きんがん》よ？」

2と仮面に書かれた者が3を窘める。

「そうだな。今、禁眼と対峙するのは止めておいたほうがいい。それに、老いぼれどもが育てた弟子というのもいる」

1と書かれた仮面の者の言葉にチッと舌打ちをして黙り込む2。

「はぁー、その弟子ってのも結構強いみたいじゃん？　めんどくさ。とりあえず黙ってるあんたら誰かちょっかい出してきてよ。で、弟子の方は殺せるなら殺す。ビッチの方は捕らえると、もしかしたら器になれるヤツもいるかもだし、キャハハハ。それ最高」

3と仮面に書かれた者は、何が面白いのか、キャハハと甲高い笑い声をひたすらに上げ続けている。

「では、自分の部下をあててみましょう」

ここで初めて9と仮面に書かれた者が発言する。その発言に対しても、やはり4〜8は、無言を貫く。

「チッ。ったくほんとだんまりが好きな連中だぜ。ま、それが俺らしいがな」

3と仮面に書かれた者は、一人ごちる。

1と仮面に書かれた者は、一つ息をつき、9へと振り向く。

「では、ノイン頼む。ともかく、計画にあの老いぼれどもは障害となる可能性がある。そして、その弟子も、だ。次回、ノインの報告を聞いて、どうするか検討しようじゃないか」

「……」

コクリ。ノインと呼ばれ者は、口を開かず極わずかに首を縦に振り、部屋から消える。。

そして、それを見届けると、一人、また一人音もなく消えていく。


「ノイン様、どうするのですか？」

「そうですね。とりあえず私自身もその者達を見たいので、リバティへ潜入します。そこからは駒を使って、情報を引き出しましょう。あぁ、安心して下さい。私が直接対峙するなど考えていませんよ。ツヴァイやドライは、喧嘩っ早くていけませんね。我々は蛇。狡猾《こうかつ》で臆病な生き物なんですから。カミラさん、あなたはどうします？」

「もちろん、ノイン様についていきます」

「……そうですか。では、明日発ちますので準備をお願いしますね」

「はっ。畏まりました」

カミラと呼ばれた銀髪の少女は、涼やかな瞳をそっと閉じ、頭を下げると音もなく消える。ノインは一人になったところで、指を一つ鳴らした。

先程まで一人だった空間に、男が現れる。その男は薄汚れた外套を纏い、ひどく慌てた様子で——。

「ノイン様!!　お許し下さいっ!!　あのテュールとかいうガキの情報は仕入れていますっ!!」

それからノインの返事も待たず、テュールの情報を必死に伝える男。

「——ですから、命だけは！　命だけは！」

「はい、結構です。ありがとうございました。ですが、我々ラグナロクは決して正体を明かしてはいけないんですよ。アナタは調査対象に接近され、かつ緊急用の転移魔法まで発動させた。知ってます？　あの転移魔法仕込むのすごーーく、大変なんですよ？　まぁ、言っても無駄ですね。貴方が拾ってきた情報と、貴方が与えてしまった情報、差し引けば答えはこうなりますから」

カタカタカタカタと歯を鳴らし、震える男。そして、そんな男を酷く冷めた目で見下し、指を鳴らすノイン。

（はてさて、どう料理しましょうかね。クフ……クフフフフ）

そして誰もいなくなった部屋で仮面を取るとノインは一人舌舐めずりするのであった。

番外編

ソウルフードはテロリスト。

リバティでの某日――。

冒険者生活を満喫するテュール達は街にもようやく馴染んできて、依頼も指名依頼が少しずつ入るようになってきた。

アンフィスは肉体労働が多く、ヴァナルはベビーシッターやペットの世話が多い。余談であるが、ヴァナルはマダム達から非常に愛されていた。ベリトは種族を問わず貴族からの依頼が多い。夜会の取り仕切りから執事、メイドの教育までおよそ依頼で頼まれる範疇《はんちゅう》を越えての仕事だ。テュール？　子供とお年寄りから絶大なる人気とだけ言っておく。

そして、そんなテュールは今日も――。

「テュー坊や、今度のりばてーへすてばるにわしの代わりに参加してくれんかの？」

「……ヤン爺、急だな。リバフェス明日だぞ？　どうしたんだ？」

ギルドで待ち構えていた老齢の男性――ヤン爺にそう言葉を返す。

「ホホホ、ギックリ腰やってしもた」

テュールの目の前に座っているヤン爺は笑いながらそう言う。いや正確に言えば乾いた笑い声は出ているが、目は笑っていない。どころか先程から微動だにしていない。よく見れば冷や汗をかいているようだ。

「ヤ……ヤン爺大丈夫か？　ま、まぁそういうことならって言いたいところだが俺一人じゃちょっと自信ないな……。あいつらはリバフェスで前々から個人依頼受けているし……」

アンフィス、ヴァナル、ベリトの三人の予定を思い出し、それぞれリバフェス中は依頼で出ずっぱりとなっていることを告げる。

「ふむ、助っ人がいればやる……と？」

「いや、まぁ、うん……」

煮え切らない答えをテュールがした瞬間、ヤン爺の目が光った――気がする。

「ホホ！　よし、リリスちゃんおいで！」

「じゃじゃーん！　待ってましたなのだー!!　リリス登場!!　やぁテューくん久しぶりなのだ！」

ヤン爺の呼びかけにどこからともなく飛び出してくるリリス。

（……今どこから出てきた？　というか危ないから飛んでくるのやめなさい……）

いつも突拍子のない行動をしてくるリリスに頭を悩ませながらひとまず話を聞くこととする。

「ふぅ、いや昨日ぶりじゃん？……で？」

「で？　とはなんじゃ？　助っ人のリリスちゃんじゃ。さっき声をかけたらテュー坊がいるならやると言ってくれての。よかったよかった」

（なるほど、既に先手を打っていたのか。だがリリスの場合、戦力になるのか……？）

そんな訝しげな表情のテュールを見て、ヤン爺はおどけて言葉を続ける。

「ホホ、なんじゃ？　リリスちゃんだけじゃ満足できんのか？　まったくとんだ欲張りさんじゃの。仕方ない、セシリアちゃん！」

「はいは～い。呼ばれて出てきましたっ！　あらテュールさん奇遇ですね！　お久しぶりです」

セシリアは柱の影からチラチラと様子を覗《うかが》っていたのがバレていないとでも思っているのか、

白々しくも偶然を装っている。

「いや、二日ぶりだけど、それを久しぶりと言うのか……？　で、セシリア？　何やってんだ？」

テュールはやや白い目でセシリアの茶番を責める。

「うっ……うぅ、だって、ヤンさんとリリスちゃんにやれって……。私だって恥ずかしかったんですから言わないで下さいっ……」

こうなると……。

「私はその変な登場やらないからねっ？　飛び出さないからね？　ヤンさんにテュールくんのお手伝いを依頼されたから手伝いはするけど……」

隠れるわけでもなく普通に座っていたカグヤが皆の視線を浴びるとそんな風に言って近づいてくる。どうやらこの三人が今回の助手らしい。

（ここまで手を回されていたら断れないか……）

テュールは息を長く吐き、その時間を覚悟を決める時間にあてる。そして、ニヤニヤしているヤン爺に返答をする。

「はぁ……。ヤン爺了解だ。この依頼受けるよ。で、俺は何をすればいいんだ？」

「ホホ、テュー坊ありがとう。テュー坊ならそう言ってくれると思っとったよ。それでテュー坊にお願いしたいのは、前に食べさせてもらったらぁめんを作ってほしいんじゃ。ありゃ、本当に美味かった。わしの店をまるごと貸すから是非りばへすで皆に振る舞って欲しいんじゃよ」

「「「ラーメン？」」」

テュールが返事をする前にセシリア、リリス、カグヤの三人がその単語の意味を不思議そうに口にする。

「ラーメンか。そう言えば前に依頼でヤン爺の店を手伝った時まかないでなんちゃってラーメンを作ったっけ。ちなみにラーメンってのは――」

三人にラーメンがどういう食べ物が説明をする。三人はふむふむやほーといった調子で説明を聞いているがいまいちピンと来ていないようだ。ついでに前にヤン爺の店で作ったラーメンと本当のラーメンの作り方や味の違いの説明などもしておく。

「――つまりヤン爺に前食べさせたのはラーメンとは呼べないレベルのものだ。だが、リバフェスで出すってなら本気で作るからな？」

「ホホ、頼もしいのう。楽しみにするとしよう。それでちょっとしたプレゼントではないが、おーいメリダやぁ」

「ホホホ、呼ばれて飛びててジャジャジャジャジャーン。リバティ一の裁縫師メリダじゃ」

そんなセリフとともに老齢の女性が勢いよく飛び出してくる。

（メリダ婆大丈夫かよ……）

年相応とは言えない軽快な動きに少し心配してしまうテュールであった。そして裁縫師が出て来るとしたら理由は一つ――。

「ホホ、というわけでメリダが明日までに衣装を用意しとくれる。りばへすが終わったらそれぞれ持ち帰ってええよ」

「おぉー!! ヤン爺太っ腹なのだ！ ありがとうなのだ！」

「まぁ、メリダさんの！ 楽しみです！ ありがとうございます！」

「うわっ、ご厚意ありがとうございます。では折角ですのでお言葉に甘えますっ」

三人はそれぞれ感謝の言葉を口にする。

「ホホホ、喜んでもらえて嬉しいよ。テュー坊はどうすんだい？」

「いや、俺はいいよ。ラーメン屋の衣装なら決まってるし、女性陣の分だけよろしく。一応ラーメン屋だとしたらこんな感じの……」

サラサラっとデザインと注釈を紙に書き、メリダに渡す。

「なるほどね。じゃあこれを可愛く仕上げとくよ」

「よし、話はまとまったようじゃな。ではよろしく頼む。ほれ店の鍵じゃ。好きにつかっとくれ」

そう言ってヤン爺は鍵を手渡そうとし――椅子から動けないためテュールが受け取りに立つ。そして鍵を渡すと、メリダとともに椅子ごと運ばれていった。あのまま家へ帰るのだろうか……。

「……。さて、というわけでラーメン屋をやることになった。やるからには本気だ。俺はラーメンに関しちゃちょっとばかしうるさいからな？ 明日に間に合わせるってことは、今から一秒たりとも遊んでいる時間はないってことだ。覚悟はいいか!?」

「おうなのだっ!!」

「はいっ!!」

「え？ あ、うんっ……」

「カグヤどうした!!　そんなことでラーメン屋が務まると思ってるのかっ!!　腹から声出せ!!」

「う、うんっ!!」

「よしよーし。では、早速食材の調達だ!!　まずは豚と鳥だ。これがなきゃ話にならん。そして昆布と煮干しだ!!　分かったなら行くぞ!!」

「おうなのだっ!!」

「はいっ!!」

「えっ!?　どこへ!?」

リリスとセシリアはノリだけで返事をしているが、カグヤは冷静にツッコんでくる。そりゃ、どこって……。

「金崩豚と皇帝鶏の巣だけど?」

「きんほーとん?　こうていにわとりー?　そいつらなんなのだ?」

先程勢いよく返事をしていたリリスはやはり行き先が分かっていなかったようだ。それどころか金崩豚と皇帝鶏を知らないようだ。

「金崩豚ってのは、その名の通り、金色の豚だ。そして崩れると名前につくほどに身が柔らかい。んで豚にしちゃサイズがデカイ。四メートルくらいかな。で、主食は猛獣ね。つまり強い。そして皇帝鶏は最強の鶏だ。こいつらのサイズは普通の鶏だが、普通の鶏の戦闘力を一としたら一万くらいだな。中級冒険者なら即死レベルだ。そうだなさしずめ道具屋で商品を盗むと大群で押し寄せてくる鶏レベルと思ってくれていい。で、こいつらを丸々使いたいから生きたまま捕まえたい」

三人はいまいち分かっていないようだ。

「そ、そうなんだ？　でも、そんな強い豚とニワトリ大丈夫なの？」

カグヤが心配そうに尋ねてくる。

「なーに、大丈夫だ。両方とも故郷で飼っていたからな。こいつらの扱いには慣れている。ちなみに味は保証するぜ？　食材レベル四桁オーバーなだけある」

テュールはドヤ顔で説明を続けるが、カグヤはキョトンとしている。

「？　ま、まぁ分かったよ。で、それはどこにいるの？」

「……。どっちも俺の故郷にいるのは分かっているんだが、ここらへんにいるのかな？　おーい、この街の近くに金崩豚と、皇帝鶏って生息している？」

ギルドの面々に尋ねまわるテュール。だが返ってきた答えは――。

「バカヤロー。そんな超々危険高級食材が街の近くにいるわけねぇだろ！　つーか、いたら俺達の街が滅ぼされるわ!!」

「そーだ！　そーだ！」

ギルドの冒険者は真に受けてないようで笑いながら茶化してくる。

（う～む、そんなレアな食材だったのか……）

「どうやらこの辺にはいないようだな。ならば急いで取りに行かねば……。久しぶりの全力だな。夜までには戻る。カグヤ達は昆布と煮干しを集めておいてくれ。あと麺か。麺の生地の材料を教えておくからこれも集めておいてくれ」

テュールはそう言って急いで買っておくもの、下ごしらえの方法を書いて渡し、足早に街を出る。

「ふぅ、いっちょやりますか」

市門を出て、リバティから少し離れた所で一つ息をつく。これが街に戻ってくるまでの最初で最後の深呼吸――。ここから数時間でイルデパン島を往復しようと考えているテュールは気合を入れ、両手に魔法陣を重ね、宙で一つに合わせる。そこに現れたのは二十メートルの魔法陣。そして魔法が発動すると、テュールの身体からは赤いオーラが立ち昇り、そしてその足が地面を抉る。

錐状に魔力壁を展開し、空気の壁を切り裂きながら真っ直ぐに突き進む。音速などとうに越え、ひたすらに――ひたすらに――。

やがて地面が終わると海へと変わる。だが、一切の躊躇《ちゅうちょ》や減速はない。

テュールは海水を直線状に凍らせ、疾《はし》走る疾走る――。

そして、全力で海を渡りきれば懐かしきイルデパン島。

(本当は挨拶をしていきたいところだが、顔を出すと長くなるし、こっそり、豚と鳥を持って立ち去ろう。一応地面にメモを残しておけばいいだろ)

そう考えたテュールは勝手知ったる庭で豚と鶏を捕獲し、地面にメモを残す。

――豚と鳥確かにいただきました。テュール――。

(猫のマークを横に添えてっと、よし、これでいいだろう。さ、戻るぞっと!)

そして今来た道を今度は豚を担ぎ、両手に鶏を大量に詰めた籠を持って帰る。

音を追い越しながら――。

「ん？　今テュールの気配がしなかったか？」

「ホホ、したのぅ。なんだったんじゃろうか」

「ったく、帰ってくるなら挨拶くらいしてきなって話しさね」

「そうだねー。きっとホームシックにかかって一瞬帰ってきちゃったんだよ」

「フハハハハ、あれがそんなタマなものか。どうせ何か即物的な理由に決まっている。そう言えばモヨモト今日はお主が家畜の世話だが、昼の餌はやったのか？」

「ホ。忘れとった。いかんいかん」

「ガハハハ、おいおいモヨモト本当にボケるのはやめてくれよ？」

慌てて家畜の世話にいくモヨモトの背中にリオンは言葉を投げる。

「ド忘れじゃ。ボケというのは忘れたことを忘れるんじゃ――って、テュールのやつが何しにきたか分かったわ……」

その言葉に四人はモヨモトの方まで歩いていき――。

「ほら、我の言った通りだ」

呆れながら苦笑するのであった。

「ただいまー。とってきたぞー」

そのままヤン爺の店へと帰ってきたテュールがそう告げると、リリス、セシリア、カグヤの三人からそれぞれおかえりと言葉が返ってくる。そして、テュールの抱えている豚と鳥を見て一瞬呆気に取られている。

（フフ、どうだ見るからに美味そうな食材だろ？）

テュールはドヤ顔を放った。そして時間がないことを思い出したテュールは急いで食材を裏の倉庫へと置き、ラーメン屋スタイルに着替える。頭には白いタオルをバンダナ風に巻き、黒Tシャツ、そして紺の前掛けだ。日本人が考えるザ・ラーメンスタイルだ。

準備を終えたテュールは厨房に入ると作業をしている三人に進行状況を確認する。

「リリス麺こねたのだ!!」

とりあえずよくやったと頭を撫でる。満足そうだ。

「私はネギとか切りましたっ！」

私も撫でて下さいとばかりに頭を突き出してくる。リリスと違いなんとなく気恥ずかしく感じるが、キラキラ期待している目に逆らえず撫でる。満足そうだ。

「私は煮汁作っておいたよ。どうかな？」

煮汁をスプーンで味見してみる。

（うん、いい感じだ。こりゃいいチャーシューができそうだ）

思わずニヤっとしたテュールはその勢いのままカグヤも撫でてみる。わっ、もぅっ、私だけ雑だよっ――と文句を言われてしまった。そんなカグヤを見て口角が上がってしまうが――。

（ととと、遊んでる時間はなかったんだ）

すぐさま顔を引き締める。

「こっからが本番だ。まず俺は裏で食材に感謝しつつバラしてくる。んで、そっから豚と鳥をひたすら煮込む。こっからは寝ないで朝までひたすら煮詰めるからなっ」

そう言うや否やテュールは裏の倉庫へ駆け込み、食材をバラし、骨と肉を分ける。それを厨房へと運んで紐で縛り、チャーシュー用と出汁用のものに分け、鍋へと投入していく。

「こっちが鶏ガラ、こっちが豚骨、こっちがチャーシューだ」

テュールは全体の指揮をとりながら久しぶりのラーメンに心が躍るのであった。


ちゅんちゅん――。小鳥のさえずりが聞こえ、外が明るくなりだした頃、ようやく下準備が完了する。テュールはタオルを一度外し、手で顔をあおぐ。隣には――。

「むにゃ、もう食べられないのだぁ～。油ベトベトなのだぁ～」

「おい、リリス。起きろ朝だ」

早々にログアウトし、喧《やかま》しい厨房内にあって目を覚ますことのなかったリリスを起こす。

「むにゃ？　ぶーくん？」

「誰が豚だ。こんにゃろう。おら、起きろ起きろぉ～」

「ひゃ～めぇれぇ～。いらいのらぁ～」

寝ぼけて人を豚呼ばわりするリリスの両方のほっぺをつまんでグニグニする。しかしやっておきながらそのほっぺの柔らかさにドキドキしてしまうテュール。

「……朝から元気ね。私は流石に疲れちゃったよ」

テュールがリリスとじゃれていると、本日の一番の功労者が現れる。その料理の手際良さにテュールは大分助けられた。

「あぁ、お疲れカグヤ。助かったよ。ありがとう。おかげで間に合いそうだ。というわけで今から朝ラーメンを作ろう」

その言葉に急に目が輝き出すカグヤ。よほど食べたかったのであろう。テュールは、再度頭のタオルを締め直し、ラーメンを作り始める。三人に仕上げの工程を説明しながら指示を出す。

「ラーメンっ♪　ラーメンっ♪　とろけるチャーシュー♪　あっさりスープにっ♪　太めの麺を茹で茹で茹で～♪」

残念ながらセシリアは徹夜のせいで壊れてしまっていた。視線は虚ろで、謎の自作ソングを歌いながら麺を茹でるその姿は黒魔術を彷彿とさせる。

ピピピピ――――。タイマー型魔導具が麺の茹で上がりを知らせる。

テュールは麺を上げ、床に向かって振り、お湯をきる。カグヤが床汚れちゃうよ？　とツッコんでくるがお構いなしだ。床にそのままお湯をきるのがラーメン屋っぽいんだっ、と謎の美学を訴えるテュールに三人が冷ややかな視線を送ったのは言うまでもない。

そして、麺を茹でている間に鶏ガラと豚骨七：三で作った透き通るような醤油スープを器に注ぐ。そんなアッサリしててコクのあるスープに今しがた上げた縮れ太麺をイン。そして定番のトッピングである脂がよくのり、とろけるようなチャーシュー、濃厚な黄身が特徴的な味玉とネギ。シンプルかつオーソドックスな一品だ。だがテュールは知っていた。最後はシンプルかつアッサリに行き着くのだと。これが至高なのだと。

そして、そんなラーメンを三つ少女たちの前に置き、勢いよく頭のタオルを外し――。

「おあがりよっ！」

ドヤ顔を放つ。

少女たちはそんなテュールの謎の発言と行動には取り合わず、湯気の立つラーメンを前に手を合わせ礼をし、箸を使い食べ始める。

――!?

三人は目を見開く。寝ぼけ眼だったリリスも。虚ろだったセシリアも。疲れた様子だったカグヤも。三人は一心不乱に麺をすすり、スープを飲み、チャーシューを食べた喰べた。

あっという間にドンブリの底が見えると、再度礼をし食事を終える三人。

「どうだった？」

「う……うぐっ、美味しかったのだぁ……、美味しかったのだぁ」

感極まって泣き始めるリリス。

「うぅ……、うぅ、美味しいです。本当に美味しいです」

セシリアも感極まり泣き始める。

「あれ……。私も……。フフ、おかしいや。けど本当に美味しい……」

カグヤも徹夜とリリス達の変なテンションに感化されたのだろう涙ぐんでいる。

うんうん――テュールが、腕を組み満足そうな顔で頷いている、と、そんな時、カランコロン。

店の正面入り口が開かれる。

「起きとるかね？　そろそろ開会式が始まる頃じゃが。……どうやら間に合ったようじゃな」

「ホホホ、いい匂いね。お腹が空いてきちゃったわ」

「あぁ、ヤン爺にメリダ婆。いいとこに来た。ちょうど今完成したところだけど一杯食べる？」

「ホホ、実はそれが目的じゃ。頼むよ」

「私もお願いね」

「あいよ、ラーメン二丁！」

――そして、二杯のラーメンを作り、それぞれヤン爺とメリダ婆の前に出す。

「おあがりよっ」

「ホホ、ありがとう。ではいただくとするかの。……ズゾゾ、むっ!?」

ヤン爺の普段眉で隠れている目が姿を現す。

「こりゃ、たまげた。こんな美味いものがこの世にあったとは……。長生きしてみるもんじゃの」

そう言って、ヤン爺はラーメンが逃げてしまわないようにと慌てて食べ始めた。

「本当ね……。このホロホロにとろけるお肉と濃厚な卵は何を使ったの？　私こんな美味しいお肉と卵は初めてよ」

「あぁ、それな。金崩豚と皇帝鶏だ」

「ブッッ!!」

「うわっ、ヤン爺ばっちぃのだ!!」

「き、ききき金崩豚とこっここここっっ皇帝鶏じゃと!?」

「あ、あぁそうだけど……。なんかまずかったか?」

「……テュー坊は金崩豚百グラムと、皇帝鶏の卵がいくらするか知ってる……?」

呆れた様子でメリダが尋ねてくる。いくらか? テュールは思い返す、が、しかしイルデパン島で散々世話した豚と鳥だが、そう言えばいくらかなんて考えたこともなかった。

「え? 知らないけど? いくらなんだ?」

「それぞれ最低でも十万ゴルドは下回るまい。基本的には市場に出回らない希少な食材じゃからのう。いわゆる時価じゃ……」

「じゅじゅじゅじゅじゅ十万!? そんな高いのかっ!? つーか、肉百キロくらいチャーシューにしちまった。え、じゃあこいつ一頭で一億ゴルド以上するのか……!?」

「ちなみに、このコクがあるのにサッパリしてて、後味をいつまでも楽しんでいたいスープは……」

「あぁ……、金崩豚の骨と、皇帝鶏のガラを使ったスープだ」

「わ、わしはなんというモノを食べてしもうたんじゃ。婆さん、どうやらお迎えが近いようだ。わしもすぐそっちへ行くからの……」

「わわわわ！　ヤン爺死んじゃダメなのだっ！」

「そうです！　ヤンさんお気を確かに！」

慌ててリリスとセシリアがヤン爺を現世へと引き止める。ちなみに婆さんは隣にいる。

「けど、そうなると素材は秘密にした方が良さそうだね……。それと値段どうしよっか？」

そんな中でもカグヤは冷静だった。

「そうね……それは伏せておいた方がいいわ。原価で既にこのラーメンは数十万ゴルドだからね……テュー坊やどうするんだい？」

「あー、まぁ食材はタダで手に入れきたからなぁ。別に金儲けしたいわけじゃないし……。一杯千ゴルドでどうだろう？」

「い、いいんじゃな？　こ、このらぁめんを一杯千ゴルドで売るんじゃな？」

三途の川を引き返してきたヤン爺が信じられないと言った声色で問いかけてくる。

「あ、あぁ」

「……そう分かったわ。テュー坊がそういうならそれでいいでしょ。但し絶対に金崩豚と皇帝鶏の名前は出さんようにね……」

「わ、分かった」

こうして超高級食材を使ったラーメンが超低価格で販売されることが決まった。

「あ、そうそう本来の目的を忘れてたわ」

メリダ婆はそう言って思い出したように鞄から服を取り出す。

「はい、三人によ。着替えてみせて？」

「わー、ありがとうなのだ！」

「まぁ、可愛らしいですね！」

「わぁ、メリダさん、ありがとうございます！」

三人は嬉しそうに受け取り、礼を言うと店の更衣室へと入っていく。

「ホホ、さて――（テュー坊。カグヤちゃんたちが着替えに行ったのぅ？）」

更衣室をチラチラ見ながら急に小声になったヤン爺が話しかけてくる。

「あ、あぁ、そうだな」

（バカもん！　声を抑えぃ！　わしはこの店のおーなーじゃ。当然ますたーきーなるモノを持っとる、ほれ）

チャリンチャリンと見せびらかすようにマスターキーを取り出すヤン爺。

（あ、あぁ、それで？）

仕方なくヤン爺のノリに合わせ小声にする。

（なんじゃ、ニブいのぅ、ニブちんさんじゃのぅ。ここまで言って分からんのか？）

（い、いや。言わんとすることは分かるが……。本気か？）

（モロのチンじゃ。わしがボケたふりして突入する。こんな可愛らしい老人じゃ。優しいカグヤちゃんたちなら笑って許してくれるじゃろう）

テュールはモロのチンなどと言い出すヤン爺を呆れた目で見つめる。

（というわけで、テュー坊は後ろからこっそり覗いててええぞ。らぁめんのお礼じゃ。では、いざ行かん）

「聞こえてますからね～？」

「ヤン爺エッチなのだぁ！」

「ちなみに止めなかったテュールくんも同罪だからねっ？」

「…………」

扉を一枚隔てた先から聞こえてくる少女たちの声。

「ホホ、さて、このらぁめんはきっと売れるから忙しくなるぞ？　がんばるんじゃ！　わしは急用を思い出した。さらばじゃ！」

「あっ！　ヤン爺きたねぇぞ!!　おい!!　おーーーい!!」

ヤン爺はギックリ腰だったのが嘘じゃないかと疑うほどに快速で走り去っていった。

「まったく、あのスケベ爺さんにも困ったものねぇ」

メリダ婆がそんなことをぼやくと更衣室の扉からカチャリと解錠の音が聞こえ、ゆっくりと開く。

「「おぉ～」」

「いいわ！　いいわ！　三人ともとっても似合ってるわよ」

「ありがとうなのだ！　ピッタリだったのだ！」

「ありがとうございます！　初めて着る服なのでとても新鮮です！」

「えぇ、とっても動きやすいし、なんだか気が引き締まる感じがします」

テュールはメリダにお礼を言う三人を見る。三人は着ていた。何を着ていたか？　そう――。

（ＫＡ☆ＰＯＵ☆ＧＩだ。純白に輝く割烹着は野暮ったさはなく、頭に乗っている白い頭巾がこれまた似合うこと似合うこと。）

テュールは感無量といった様子で三人を見ながら頷き続ける。

「テュールさん？　ど、どうしたんですか？」

「フハハハ！　テューくんはリリス達に見惚れているのだっ！」

「フフッ、感想の一つくらいは欲しいかなっ？」

「……あ、あぁ。よく似合ってるよ。とても可愛らしい」

そんな単純な褒め方しかできなかったが少女たち三人は不満はないらしく照れたように笑って、お礼を言ってくる。

（ええ子達や……。そして俺の語彙力《ごいりょく》のバカ！　語彙力のバカ！）

そんな風にテュールが一人漫才をしている間にも時間は進み――。

「さて、じゃあ準備も整ったようだし、開店ね。そろそろ開会式も終わってみんな好き好きに楽しみ始めるわ。このラーメンならリバフェス最優秀賞取れるわよ？　がんばってね」

リバティーフェスティバルが始まる。そして気になるのはメリダの言葉。そう、リバフェスは参加者の投票で順位が着くのだ。当然テュールは――。

「よし、出たからには優勝するぞ！」

「「おー！」」

気合十分に優勝を目指すのであった。こうしてテュールのラーメン店長としての戦いの火蓋《ひぶた》が切って落とされた――。

「テューくん！　二つ追加なのだ！」

「リリスちゃん、これ四番テーブルに持っていって下さい！」

「はい、お会計は二千ゴルドになります。ありがとうございました。次のお客様こちらのテーブルへどうぞ！」

「カグヤぁ、チャーシューを切っておいてくれー!!　セシリア！　麺が伸びちまう、こっちを六番さんに持ってってくれ！」

地獄だった。そこはまさしく地獄だった。そんな地獄の渦中に――。

「お、やっと入れた。めっちゃ混んでんなー。おう、テュールすげぇ繁盛だな」

「やぁテュール。食べにきたよー」

「テュール様のご自慢のラーメンと聞き、いてもたってもいられずお忙しい中申し訳ありません」

「アンフィス、ヴァナル、ベリト……。それにレフィーまで」

三人の後ろに少し離れてレフィーが付いてきていた。

「あぁ、すごい噂になっていたからな。お前の作るラーメンとかいう食べ物が人生を変えるほどのものだってな。楽しみだ」

「あぁ、是非食べてってくれ。っと、すまないな。厨房に戻らないとっ!!」

「ッフ、忙しいな。ギルド依頼の時よりがんばってるじゃないか……。いや、これもギルド依頼だったか。がんばってきてくれ」

レフィーのその言葉を聞き終わらない内にテュールは厨房へと戻り、ラーメン作りを再開する。


しばらくして来店した四人の前にラーメンが並ぶ。早速四人はラーメンを手に取り――。

「お、こりゃ美味いな」

「あ、この肉と卵、うちのだねー」

「おや、本当ですね。懐かしいです」

「へぇ、これがラーメン……。行列ができるだけあるな。確かに美味い」

和やかに食事をする。

――ご馳走様でした。

「いやぁこれで午後からもがんばれるな。うっし、行くか!」

「そうだねー。ボクももうひとふんばりしなきゃ」

「えぇ、私もがんばらなければ。アンフィスもヴァナルもがんばって下さい。もちろんテュール様も」

「フフ、さて、では私も――」

「おい、レフィー。お前午後からの予定は？」

テュールは、ラーメンを食べ終えた四人を見送ろうと厨房から出て来る。そして、今まさに店を出ようとするレフィーに声をかけた。

「…………何かと忙しい」

目を泳がせて答えるレフィー。

「よし、手伝え」

真っ直ぐに見つめるテュール。

「忙し――」「手伝え」

「「…………」」

「貸し……だぞ？」

「助かる！　カグヤ、レフィーを更衣室に案内してやってくれ！　で、メリダ婆が一着予備で置いてったやつ着せてくれ！」

コクリ。カグヤは無言で頷き、レフィーの手を取り、つかつかと更衣室まで歩いていく。カグヤは知っているのだろう。今は一分一秒でも遊んでいる時間などないということを。


「っく！　い、いらっしゃいませ……」

「レフィー声小さいよっ！　もっと大きな声で、笑顔で！」

「うぐぐ、い、いらっしゃいませ！」

カグヤの指導に渋々従い引き攣《ひきつ》った笑みで挨拶をするレフィー。

「ほら、リリスちゃんを見習って！」

「いらっしゃいませなのだ！　こちらへどうぞなのだ♪」

無邪気な笑顔で懸命に接客しているリリス。

(うん、あいつは接客に向いてるな。なんていうかお小遣いをあげたくなる)

ついつい庇護欲にかられてしまうテュール。

そしてそんなリリスを見てレフィーが真似をするように声のトーンを一つ上げ、笑顔で——。

「い、いらっしゃい……だぁ!!　私は厨房へ入る!!　テュール、厨房での仕事をくれ!!」

「お、おう。それじゃ、皿洗い頼んでも——」

「いいぞ!!　よっぽどそっちの方が楽だ！　ハハハハ!!　皿洗い楽しいな!!」

レフィーがやけになりながら皿を洗う。

テュールはそんなレフィーを見て、カグヤと視線を交わすと、苦笑を浮かべ、ラーメン作りへと戻る。

こうして怒涛の一日は過ぎていき——。

「——最優秀賞は——」

ラーメン屋のスタッフ一同は、疲れ果て泥のように眠る。その寝顔は皆晴れやかであったとさ。

あとがき

初めまして、作者の世界るいです。まずは本書を手にとっていただいたこと深く御礼申し上げます。本当にありがとうございます。

さて、まずはウェブ版を読んで下さっており、購入して下さった方々、本当にありがとうございます。書籍化に伴い追加エピソードやストーリー進行も大幅に変わっているため、驚いたのではないでしょうか？　書籍作業にたっぷり時間をかけ、納得のいくものがお届けできたと作者は満足感いっぱいにあとがきを書いております。

そして、本書を手にとって購入して下さった初めましての方々、本当にありがとうございます。どうでしょうか？　少しでも面白いと思って頂けたならこれより嬉しいことはありません。是非周りのご友人にも勧めてみて下さい（笑）（ちゃっかり宣伝）

また、本書制作に尽力して下さったＴＯブックス様、担当編集様、校正様、営業様、そして本書を置いて下さった書店や書店員の皆様、本当にありがとうございます。

そして、素晴らしいイラストを描いて下さったらむ屋先生、本当にありがとうございます。本当に素晴らしいので、あとがきから読んでいる方々は是非期待しながら読み進めて下さい。

最後に少しだけ本書の紹介をさせて下さい。本書はジャンルで言うと、異世界成長青春ラブコメ冒険ファンタジーです。つまり、作者が面白そうなものを混ぜに混ぜたサラダボウルみたいな作品で、はちゃめちゃでドタバタなテューールたちの日常や恋愛、冒険を楽しんでもらえればと思います。

最後の最後に重ねてになりますが、読者の方々、制作に携わって下さった方々に感謝をお伝えして締めさせていただきます。本当にありがとうございます！

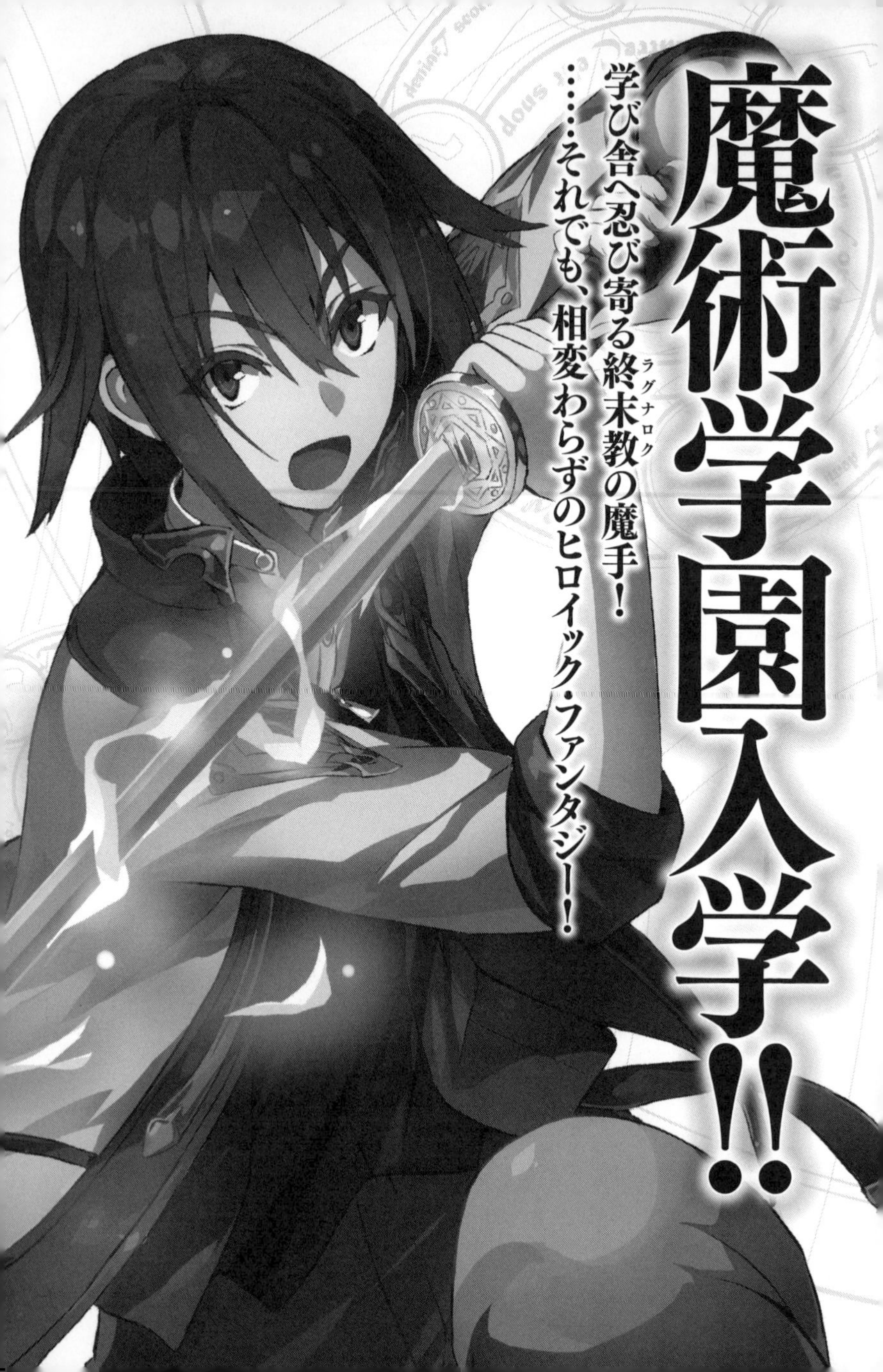
魔術学園入学!!
学び舎へ忍び寄る終末教《ラグナロク》の魔手!
……それでも、相変わらずのヒロイック・ファンタジー!

とある英雄達の最終兵器《リーサルウェポン》
～最強師匠陣による育成計画がブラックすぎる件～

2018年8月1日　第1刷発行

著　者　世界るい

発行者　本田武市

発行所　TOブックス
〒150-0045
東京都渋谷区神泉町18-8　松濤ハイツ2F
TEL 03-6452-5766(編集)
0120-933-772(営業フリーダイヤル)
FAX 050-3156-0508
ホームページ　http://www.tobooks.jp
メール　info@tobooks.jp

印刷・製本　中央精版印刷株式会社

ISBN978-4-86472-711-2